Aus Freude am Lesen

btb

Buch

Chaim befindet sich in der Welt, in der die Selbstmörder landen: Alles ist so ähnlich wie vorher, nur langweiliger. Er jobt in der Pizzeria Kamikaze, und nachts zieht er durch die Kneipen. So freundet er sich mit Uzi an, der bis auf sein Einschußloch in der Schläfe wirklich in Ordnung ist. Die beiden fahren mit dem Auto Richtung Osten, um Orga zu suchen, Chaims Freundin, die sich inzwischen auch umgebracht haben soll. Zunächst treffen sie nur Araber, dann gabeln sie Lihia auf, die fest davon überzeugt ist, daß sie nicht hierhergehört, und jemanden sucht, bei dem sie sich beschweren kann. Als sie um ein Haar den Spaziergänger Rafael Kneller überfahren, lädt der sie zu sich nach Hause ein ...

Autor

Etgar Keret wurde 1967 in Tel Aviv geboren und veröffentlicht seit 1991 Kurzgeschichten und Comics. Seine Bücher sind in sechzehn Sprachen übersetzt. Er schreibt fürs Fernsehen, lehrt an der Filmakademie in Tel Aviv und hat über 40 Kurzfilme produziert. In Israel ist er Kult- und Bestsellerautor. Etgar Keret lebt mit Frau und Kind in Tel Aviv. *Pizzeria Kamikaze* wurde 2006 unter dem Titel *Wristcutters. A Love Story* verfilmt, mit Tom Waits als Rafael Kneller.

Etgar Keret

Pizzeria Kamikaze

Roman

Aus dem Hebräischen
von Barbara Linner

btb

Die Originalausgabe erschien 1998 unter dem Titel
»Hakajtana schel Kneller« bei Zmora Bitan, Tel Aviv.

FSC
Mixed Sources
Product group from well-managed
forests and other controlled sources

Cert no. GFA-COC-1223
www.fsc.org
© 1996 Forest Stewardship Council

Verlagsgruppe Random House FSC-DEU-0100
Das für dieses Buch verwendete FSC-zertifizierte Papier *Munken Print*
liefert Arctic Paper Munkedals AB, Schweden.

1. Auflage
Genehmigte Taschenbuchausgabe Oktober 2006,
btb Verlag in der Verlagsgruppe Random House GmbH, München
Copyright © der Originalausgabe 1998 Etgar Keret
Worldwide Translation Copyright © The Institute for the
Translation of Hebrew Literature
Copyright © der deutschsprachigen Ausgabe 2000 und 2002
Luchterhand Literaturverlag in der Verlagsgruppe Random House
GmbH, München
Umschlaggestaltung: Design Team München
Umschlagbild: Originalfoto aus dem Film *Wristcutters. A Love Story*
mit freundlicher Genehmigung des Produzenten Mikal Lazarev
Satz: IBV Satz- und Datentechnik GmbH, Berlin
Druck und Einband: Clausen & Bosse, Leck
CP · Herstellung: AW
Made in Germany
ISBN-10: 3-442-73587-4
ISBN-13: 978-3-442-73587-7

www.btb-verlag.de

Ich glaube, sie hat geweint bei meinem Begräbnis, nicht daß ich angeben will, aber ich bin mir sogar fast sicher. Manchmal kann ich mir richtig vorstellen, wie sie jemandem, dem sie sich nahe fühlt, von mir erzählt, von meinem Tod. Davon, wie sie mich ins Grab hinuntersenkten, so klein und erbärmlich wie eine kaputte Schokoladentafel. Davon, wie wir es nie wirklich geschafft haben. Und danach verpaßt er ihr einen Trostfick.

1. Kapitel

In dem Chaim Arbeit findet
und einen Pub mit Niveau

Zwei Tage nach meinem Selbstmord habe ich hier
Arbeit gefunden, in so einer Pizzeria, die *Kamika-*
ze heißt und zu einer Kette gehört. Der Schichtleiter war echt in Ordnung und half mir sogar dabei,
eine Wohngemeinschaft zu organisieren, zusammen mit so einem Deutschen, der in derselben Fi-
liale arbeitet. Die Arbeit ist nicht berauschend,
aber für eine Übergangszeit gar nicht schlecht, und
dieser Ort hier, ich weiß auch nicht so recht, immer
wenn über ein Leben nach dem Tod geredet wurde, das ganze Sein-Nichtsein und so'n Zeug, hatte
ich nie eine Meinung. Sicher ist jedoch, wenn ich
überhaupt daran dachte, daß es eines gibt, dann
habe ich mir immer so Töne vorgestellt, wie ein
Sonargerät, und Leute, die im Raum treiben, wo-
gegen das hier, ich weiß nicht, mehr als an sonst alles erinnert mich das an die Allenbystraße in
Südtelaviv. Mein Mitbewohner, der Deutsche, hat
mir gesagt, dieser Ort sei genauso ein Volltreffer
wie Frankfurt. Anscheinend ist Frankfurt auch ein

7

ziemliches Loch. Am Abend habe ich hier irgend so einen Pub gefunden, der sogar ganz nett ist, den *Kadaver*. Die Musik dort ist nicht mal übel. Vielleicht nicht ultrahip, aber hat was, und es kommen viele Mädchen allein dorthin. Es gibt welche, denen du wirklich ansehen kannst, wie sie Schluß gemacht haben, mit Narben an den Handgelenken und so'n Zeug, aber ein Teil sieht echt spitze aus. Tatsache ist, daß mir bei meiner ersten Nacht hier eine schöne Augen gemacht hat, allerdings umsonst, ihre Haut war irgendwie ein bißchen locker, hing so schlaff dran, als hätte sie per Ertränken Schluß gemacht, aber der Körper war wirklich hundert pro, auch die Augen. Doch ich habe nichts angefangen. Innerlich sagte ich mir, es sei wegen Orga, daß dieser ganze Tod mich bloß dazu gebracht hat, sie noch mehr zu lieben, aber weiß man's, vielleicht verdränge ich auch bloß.

2. Kapitel

In dem Chaim einen wahren Freund trifft
und im Snooker verliert

Uzi Galfand lernte ich fast irrtümlich im *Kadaver* kennen. Er war furchtbar freundschaftlich drauf und lud mich zu einem Bier ein, was mich total in Streß brachte. Ich war sicher, daß er versuchte, mich abzuschleppen oder so, aber ich habe schnell kapiert, daß ich völlig falsch damit lag, daß ihm schlicht und einfach langweilig war. Er war ein paar Jahre älter als ich und hatte einen beginnenden Kahlkopf, was die kleine Narbe an der rechten Schläfe vom Einschußloch der Kugel betonte, ebenso wie die vom Austrittsloch an der linken Schläfe, die viel größer war. »Dumdum«, zwinkerte Galfand den zwei jungen Mädchen zu, die an der Bar direkt neben uns standen und Cola light tranken, »wenn schon – denn schon.« Erst nachdem sich die beiden zugunsten des Tisches von irgend so einem Blonden mit Nackenschwänzchen abgesetzt hatten, gestand er, daß er überhaupt nur mit mir zu reden angefangen hatte, weil er dachte, ich sei mit ihnen zusammen gekommen. »Nicht daß es was ändern würde«, Uzi hieb mit dem Kopf gegen die Bar, so eine kleine Übersprunghandlung zum Trost, »auch wenn du sie mit mir bekannt gemacht hättest, am Ende wären sie sowieso mit irgendeinem Blonden abgeschoben. So ist das, auf jedes Mädchen, das ich glücklich und endlich kennengelernt habe, wartete irgendwo immer irgendein Blonder. Aber glaub nicht eine Sekunde lang, das hätte mich zu einem bitteren Menschen gemacht, ein klein wenig verzweifelt vielleicht, aber nicht bitter.« Nach weiteren vier Bier gingen wir Snooker spielen, und Uzi erzählte mehr von sich. Es stellte sich heraus, daß er gar nicht weit weg von mir wohnt, bei seinen Eltern, was wirklich extrem selten ist. Die meisten Leute hier wohnen allein, maximal mit Freundin oder Mitbewohner. Uzis Eltern brachten sich fünf Jahre vor ihm um. Seine Mutter hatte irgendeine ernste Krankheit, und sein Vater wollte nicht allein zurückbleiben. Auch sein kleiner Bruder wohnt mit ihnen zusammen, er ist gerade erst vor kurzem angekommen, auch er hat sich erschossen, mitten in der Rekrutenausbildung. »Es gehört sich ja nicht, so was zu sagen«, lächelte Uzi und vergrub die schwarze Kugel in seiner linken Hosentasche, »aber als er kam, was haben wir uns da gefreut. Du hättest meinen Vater sehen sollen, ein Mensch, der nicht einmal mit der

Wimper zuckt, wenn du ihm einen Fünf-Kilo-Hammer auf den Fuß haust, wie der meinen kleinen Bruder umarmt und buchstäblich geflennt hat wie ein Baby.«

3. Kapitel

In dem Kurt anfängt zu jammern
und Chaim zu ermüden

Seit dem Tag, als ich Uzi kennengelernt habe, machen wir jede Nacht eine Pubrunde. Es gibt hier gerade mal drei, und wir achten streng darauf, sie alle abzuklappern, um sicherzugehen, daß wir nichts versäumen. Am Ende landen wir immer im *Kadaver*, der am meisten lohnt und auch am längsten offen hat. Gestern war die Tour richtig mies, denn Uzi brachte diesen Freund von sich mit, Kurt. Uzi hält echt eine Menge von ihm, weil er der Solosänger von *Nirvana* und so was war, aber in Wahrheit ist er ein ganz schöner Tiefflieger. Ich bin auch nicht gerade wild glücklich hier, aber er jammert in einem fort, und wenn er einmal damit angefangen hat, hast du null Chance, ihn zu stoppen. Alles, was man sagt, erinnert ihn ständig an irgendeinen Song, den er mal geschrieben hat, und er muß ihn natürlich immer zum besten geben, und daß du auch ja von den Worten beeindruckt bist, und manchmal geht er dann auch noch zum Barmann hin und bittet ihn, irgendeines von seinen Liedern aufzulegen, und dann weißt du echt nicht mehr, wo du dich verbuddeln sollst. Die Wahrheit ist, es liegt nicht nur an mir, alle hassen sie ihn außer Uzi. Ich glaube, die Sache ist so, daß wenn du Schluß gemacht hast, mit den ganzen Schmerzen dazu – und ehrlich, ihr habt keinen Schimmer, wie weh das tut –, dann ist das letzte, was auf dich Eindruck macht, irgend so einer, dessen ganzes Ding darin besteht zu singen, wie arm er doch dran ist. Wenn diese Sachen auch nur eine halbe Arschbacke von dir gerührt hätten, wärst du noch am Leben geblieben mit einem depressiven Poster von Nick Cave über dem Bett, anstatt hier zu landen. Aber die Wahrheit ist, es liegt auch nicht nur an ihm, gestern war ich einfach mies drauf. Sowohl die Arbeit in der Pizzabude als auch diese ganze Umgebung, alles ödet mich langsam an. Jede Nacht die gleichen Leute sehen, die Cola ohne Kohlensäure trinken, bei denen du, sogar wenn sie dir direkt in die Augen schauen, das Gefühl hast, sie glotzen einfach bloß. Ich weiß nicht, vielleicht bin ich zu negativ eingestellt, aber wenn du sie anschaust, sogar in den Momenten, wo echt was abgeht, wenn sie sich küssen oder tanzen oder mit dir lachen, irgendwie haben sie immer so was an sich. Als sei schlicht gar nichts so ein Big Deal, als würde nichts wirklich was ändern.

4. Kapitel

Abendessen bei den Galfands

Am Freitag abend lud mich Uzi zum Schabbat-
essen bei seinen Eltern ein. »Acht Uhr abends«,
sagte er, »und komm nicht zu spät. Es gibt Tscho-
lent.« Die Wohnung der Galfands sieht aus, wie so
eine polnische Wohnung eben aussieht, mit Holz-
regalen, die Uzis Vater selber gemacht hat, und
Wänden mit einem höllenmäßigen Rauhputz. Die
Wahrheit ist, daß ich eigentlich gar nicht wirklich
kommen wollte. Eltern meinen von mir immer, ich
hätte einen schlechten Einfluß auf ihre Kinder,
warum, weiß ich auch nicht. Ich erinnere mich an
das erste Abendessen bei Orgas Familie. Das ganze Essen über betrachtete mich ihr Vater mit dem
Blick eines Prüfers, der mich gleich aufs Kreuz
legt, und dann, beim Nachtisch, versuchte er herauszufinden, so ganz beiläufig, ob ich versuchte,
seine Tochter auf Drogen zu bringen. »Ich weiß,
wie das ist«, er schenkte mir das Lächeln eines ver-
deckten Ermittlers, einen Moment, bevor er die
Verhaftung vornimmt, »auch ich war einmal jung.

14

Ihr geht auf eine Party, tanzt ein bißchen, die Stimmung heizt sich auf, und dann bringst du sie in irgendein Zimmer und schlägst ihr vor, irgendeinen Point zu rauchen.« »Joint«, versuchte ich ihn zu korrigieren. »Wie immer man das nennt ... du mußt wissen, Chaim, ich mag vielleicht unschuldig wirken, aber ich kenne die ganzen Tricks durchaus.« Mein großes Glück bei der Familie Galfand war, daß ihre Kinder schon derart abgestürzt waren, daß die Eltern praktisch ausgesorgt hatten. Sie freuten sich total, daß ich kam, und versuchten bloß die ganze Zeit, mich mit Essen vollzustopfen. Hausgemachtes Essen hat so was Nettes, es ist schwer zu erklären, aber irgendwie so was Einmaliges, so ein Gefühl. Als ob auch dein Magen ein Essen unterscheiden könnte, für das du nicht bezahlt hast, das jemand irgendwie mit Liebe hergestellt hat. Und mein Magen, nach dem ganzen Chinafraß, Pizzas und Take-aways, die er durchgewalkt hat, seit ich hier angekommen bin, wußte die Geste zu schätzen und reagierte mit einer Hitzewelle, die er immer mal wieder in Richtung Brust schickte. »Ein echtes Talent, unsere Mutter«, nahm Uzi seine winzige Mutter liebevoll in den Arm, ohne auch nur das Besteck aus der Hand zu legen. Uzis Mutter lachte und fragte, ob wir noch ein bißchen von den Kischkes wollten, und sein Vater

15

nutzte die Gelegenheit, um noch irgendeinen geselligen Standardwitz abzulassen, und eine Sekunde lang sehnte ich mich plötzlich nach meinen Eltern, nach ihrer Nervtötigkeit, die mich früher, bevor ich Schluß gemacht habe, immer zum Ausrasten brachte.

5. Kapitel

In dem Chaim und Galfands kleiner Bruder sich um das Geschirr kümmern

Nach dem Essen saß ich mit der Familie Galfand im Wohnzimmer. Uzis Vater schaltete im Fernsehen irgendeine matte Talkshow ein und fluchte die ganze Zeit über die Leute, die darin auftraten. Uzi, der so in etwa eine komplette Flasche Wein zum Essen vernichtet hatte, döste neben ihm auf dem Sofa. Es war grausam langweilig, und ich und Ra'anan, Uzis kleiner Bruder, meldeten uns freiwillig, das Geschirr wegzuräumen, trotz der Proteste von Uzis Mutter. Ra'anan spülte, und ich trocknete ab. Ich fragte ihn, wie er hier zurechtkomme, denn ich wußte, daß er erst vor kurzem Schluß gemacht hatte, und die meisten Leute, die hier landen, haben so eine Art Schock, wenigstens am Anfang. Ra'anan zuckte mit den Schultern und sagte, er denke, gut. »Wenn Uzi nicht gewesen wäre«, sagte er, »wäre ich schon längst hier.« Wir waren mit dem ganzen Geschirr schon fertig und fingen an, es in die Schränke zu räumen. Ra'anan erzählte mir eine komische Geschichte, wie er einmal, als er gerade mal zehn Jahre alt war, allein mit einem Linientaxi losfuhr, um das Derby von Petach Tikva zu sehen. Er war damals ein Fan von Makkabi, mit Kappe und Schals und allem Drum und Dran, und sie belagerten das ganze Spiel über das Tor der Poal-Mannschaft, der es nicht mal gelang, auch nur zwei Pässe hinzulegen. Und dann, acht Minuten vor Schluß, schossen die Poal, bei ihrem einzigen Angriff in dem Spiel, ein Tor aus dem Abseits. Kein Grenzfall. Ein echt eindeutiges Abseits, von der Sorte, wo nachher im Fernsehen eine Dissensminute dazu eingelegt wird. Die Spieler von Makkabi versuchten noch zu diskutieren, aber der Schiedsrichter bestätigte es auf der Stelle. Die Poal hatten gewonnen, und Ra'anan fuhr betäubt und niedergeschlagen nach Hause. Zu dieser Zeit machte Uzi die ganze Zeit Fitneßtraining, denn er wollte sich zu einer Kampfeinheit melden, und Ra'anan, der ihn verehrte, nahm sich sein Sprungseil, machte eine Schlinge hinein und knüpfte das Seil an das Reck, das Uzi im Hof aufgebaut hatte. Dann rief er Uzi, der gerade versuchte, für irgendeine Abschluß- oder Aufnahmeprüfung oder was auch immer zu lernen, und erzählte ihm die ganze Story von dem Spiel, von dem Tor und von dem großen Unrecht. Danach zeigte er Uzi das Seil, das er ans Reck geknüpft hatte, und erklärte, er habe keine Lust, in einer Welt weiterzuleben, die dermaßen unfair sei, daß die Mannschaft, die du liebst, einfach so verlieren kann, auch wenn sie es gar nicht verdient hat. Und daß er das Uzi deshalb erzähle, weil er vielleicht der klügste Mensch sei, den er, Ra'anan, kenne, und drum, wenn ihm jetzt auch Uzi keinen guten Grund zum Leben finden könne, werde er gleich damit Schluß machen, und das war's dann. Die ganze Zeit, während er redete, sagte Uzi kein einziges Wort, und auch dann, als er eigentlich irgend etwas hätte sagen müssen, schwieg er einfach weiter und machte, anstatt etwas zu sagen, einen Schritt nach vorn und verpaßte Ra'anan eine solche Ohrfeige, daß er gut und gern zwei Meter rückwärts geschleudert wurde, und danach drehte sich Uzi um und ging in sein Zimmer zurück, um für die Prüfung zu lernen. Ra'anan erzählte, daß er eine Weile gebraucht hatte, um sich von dem Schlag zu erholen, aber als er dann aufgestanden war, hatte er das Seil vom Reck gelöst, es wieder aufgeräumt und war duschen gegangen, und seitdem hatte er mit Uzi nie mehr über den Sinn des Daseins geredet. »Ich weiß nicht, was genau er mir mit dieser Ohrfeige zu sagen versucht hat«, lachte Ra'anan und trocknete sich die Hände am Geschirrtuch ab, »aber was auch immer, bis zur Rekrutenausbildung hat es so ziemlich funktioniert.«

6. Kapitel

In dem Chaim aufhört auszugehen und anfängt durchzudrehen

Schon seit fast zwei Wochen ziehe ich in der Nacht nicht mehr durch die Gegend. Uzi ruft mich trotzdem jeden Tag an, verspricht mir geile Frauen, allerlei Scherze und daß er Kurt nicht mitbringt, aber vorläufig lasse ich mich nicht erweichen. Einmal so alle drei Tage schaut er auch irgendwann gegen drei Uhr morgens auf einen Sprung vorbei, trinkt mit mir ein Bier aus dem Kühlschrank und erzählt von irgendeiner witzigen Sache, die ich gerade im Pub versäumt habe, oder von einer Bedienung, die er beinah rumgekriegt hätte, und das Ganze in aller Ausführlichkeit, wie ein kleiner Junge, der seinem kranken Freund die Hausaufgaben bringt, und am Schluß, bevor er geht, versucht er mich dann zu überreden, mit ihm auf irgendeinen kleinen Espresso zum Nachtisch runterzugehen.

Gestern habe ich ihm erklärt, daß mir diese ganze Ausgeherei nicht mehr paßt. Daß mit diesen ganzen geilen Frauen am Ende sowieso nichts läuft und ich bloß fix und fertig heimkomme. »Und so bist du vielleicht nicht fixfertig«, hielt mir Uzi knallhart vor, »schau dich doch an, wie du jeden Morgen vor dem Fernseher wegschnarchst wie so ein alter Pavian. Verstehst du, Chaim, daß nichts passiert, das ist das Axiom. Aber wenn schon nichts passiert, dann sollte das wenigstens ein bißchen mit geilen Tussis und Musik sein, ist doch so, oder?«

Nachdem er gegangen war, versuchte ich noch einmal, das Buch zu lesen, das ich mir von meinem deutschen Mitbewohner geholt habe. So was Deprimierendes über einen, der an Schwindsucht erkrankt und zum Sterben irgendwohin nach Italien fährt. Auf Seite dreiundzwanzig gab ich mich geschlagen und schaltete den Fernseher ein. Es lief gerade so eine Art Bekanntschafts-Entertainment, wo alle möglichen Leute zusammengebracht wurden, die genau zum gleichen Datum Schluß gemacht hatten, und jeder von ihnen erzählte, weshalb er es getan hatte, aber in witziger Form, und sagte, was er mit dem ersten Preis anfangen würde, sollte er ihn gewinnen. Und ich dachte mir, Uzi hat recht, einfach zu Hause bleiben ist auch nicht das wahre Glück, und wenn nicht irgendwas passiert, und zwar schnell, werde ich noch wahnsinnig.

7. Kapitel

In dem Chaim aus Versehen einen Raub vereitelt und fast eine Prämie erhält

Der Tag, an dem sich alles zu ändern begann, nahm damit seinen Anfang, daß ich einen Raub verhinderte. Ich weiß, das hört sich ein bißchen abseitig an, aber es ist wirklich passiert. Ich war gerade mit meinen Einkäufen im Supermarkt fertig, als so ein dicker Rothaariger mit einer fetten Narbe am Hals mit mir zusammenstieß, und aus seinem Mantel fielen so um die zwanzig Fertigmenüs für die Mikro. Wir standen einander erstarrt gegenüber. Ich glaube, von uns beiden war ich eine Spur verwirrter. Die Kassiererin neben uns schrie: »Zadok! Komm schnell. Ein Dieb! Ein Dieb!« Ich wollte mich bei dem Dicken entschuldigen, ihm sagen, daß ich froh für ihn sei, daß er nicht echt dick war, daß ich mich bloß durch die Fertigmenüs, die er unterm Mantel versteckt hielt, hatte täuschen lassen, und daß er sich beim nächsten Mal, wenn er klaute, mehr ans Gemüse halten solle, denn das Fleisch kommt irgendwie immer matschig und feucht aus der Mikro. Aber statt alldem zuckte ich bloß mit den Schultern. Und der Dicke, der jetzt sogar fast ein bißchen mager aussah, zuckte gleichfalls mit den Schultern, auf eine Art, wie es nur jemand fertigbringt, der sich mal das Genick gebrochen hat, und machte, daß er wegkam. Eine Minute später kam Zadok an, mit einem Stock in der Hand, und betrachtete kummervoll die auf dem Boden verstreuten Fertiggerichte. »Wie kann man bloß?« Er ließ sich auf die Knie nieder und flüsterte halb zu sich, halb zu den tiefgefrorenen Erbsen, die auf dem Boden herumkugelten, »wie kann ein Mensch so was tun? Stehlen an sich schon, aber auch noch auf die Moussaka drauftreten, wozu soll das gut sein?« Bevor es mir gelang, mich zu verdrücken, kam die Kassiererin und umarmte mich. »Ein Glück«, sagte sie zu mir, »ein Glück, daß du hier warst. Siehst du, Zadok, das ist der Mann, der den Dieb aufgehalten hat.« »Schön«, murmelte Zadok, ohne den Blick von der zertrampelten Moussaka zu heben, »sehr schön, die *Super-Deal*-Kette bedankt sich bei dir, wenn du mit mir ins Büro kommst und deine Personalien daläßt ...« »Es lohnt sich«, ging die Kassiererin dazwischen, »man kriegt eine Prämie.« Zadok sammelte unterdessen die Fertiggerichte ein und versuchte, den Schaden zu überschlagen. Ich erwiderte das Lächeln der Kassiererin und sagte ihr, wirklich dan-

23

ke, aber es sei nicht nötig, ich habe es zudem furchtbar eilig. »Bist du sicher?« fragte sie enttäuscht. »Die Prämie ist ziemlich was wert. Ein Weekend zu zweit im Hotel.«

Als ich Galfand später davon erzählte, bekam er fast einen Anfall. »Ein Weekend zu zweit im Hotel – hä?« Er schälte sich eine Banane. »Deutlicher kann es wohl kaum sein. Das Mädel ist schlicht hin und weg von dir.« »Was heißt hier hin und weg«, sagte ich, »das ist doch einfach bloß Marketing.« »Wie schaut sie aus?« Galfand blieb unbeeindruckt. »Geil?« »Ich glaube, ganz ordentlich, aber ...« »Nichts aber«, beharrte Galfand, »genauer. Wie alt sieht sie aus?« »Fünfundzwanzig«, gab ich nach. »Erkennbare Narben? Adern, Einschußlöcher, so was?« »Nichts, was ich gesehen hätte.« »Unverdorben«, Galfand ließ einen anerkennenden Pfiff los. Unverdorben, so nennt man hier die Selbstmörder per Pillen oder Gift, wie mich, solche, die ohne irgendwelche Narben hier ankommen. »Sowohl jung, als auch unverdorben, und geil dazu ...« »Ich hab nicht gesagt, daß sie geil war«, protestierte ich. »Komm«, überging mich Galfand völlig und zog seinen häßlichen Fliegermantel an. »Wohin?« versuchte ich, Zeit zu schinden. »Zum *Super-Deal*«, bestimmte er, »die Prämie verlangen, die uns zusteht.« »Uns?« fragte ich. »Halt den

Mund und komm«, befahl mir Galfand, der tief in seiner assertorischen Phase steckte. Also hielt ich den Mund und kam mit. Im *Super-Deal* hatte inzwischen die Schicht gewechselt. Zadok und die Kassiererin waren nicht mehr da, und die anderen Angestellten wußten von nichts. Galfand versuchte ein wenig zu diskutieren, und als es echt peinlich zu werden begann, ging ich uns ein Bier besorgen. Beim Karpfenaquarium traf ich Ziki, meinen Wohnungsgenossen aus der Zeit, als ich noch am Leben war. Es war eine ziemliche Überraschung, daß er mir hier über den Weg lief. Ziki ist einer der gräßlichsten Typen, die ich je getroffen habe, einer von diesen Mitbewohnern, die dir deswegen eine Szene hinlegen können, weil du Haare in der Badewanne zurückgelassen oder was von ihrem Hüttenkäse gegessen hast, doch er war auch der letzte Mensch auf der Welt, von dem man geglaubt hätte, er würde sich einmal umbringen. Ich tat so, als sähe ich ihn nicht, und ging weiter, aber er entdeckte mich und stoppte mich mit einem Schrei. »Chaim! Ich habe gehofft, daß wir uns irgendwann mal treffen!« »Großer Gott!« Ich fabrizierte ein falsches Lächeln. »Ziki, wie geht's, wie steht's, was machst du hier?« »Das gleiche wie alle«, murmelte Ziki, »wie alle. Es hängt sogar ein bißchen mit dir zusammen.« »Was ist passiert?« fragte ich. »Habe ich die Küche dreckig hinterlassen, bevor ich Schluß gemacht habe, oder was?« »Uff«, grinste Ziki, »du warst schon immer ein Scherzkeks«, und erzählte mir in allen Einzelheiten, wie er aus dem Fenster unserer gemeinsamen Wohnung, dritter Stock auf Hochparterre, auf die Straße hinunterge- sprungen war und dabei die ganze Strecke lang ge- hofft hatte, er würde gleich ex sein, jedoch un- glücklich landete, halb auf dem Auto des Nach- barn, halb auf der Hecke, und es sich gut ein paar Stunden lang hinzog, bis es zu Ende war. Ich sagte zu ihm, daß ich immer noch nicht verstand, wie das mit mir zusammenhing, und er sagte, das tue es auch nicht wirklich, aber trotzdem, »weißt du«, sagte er, wölbte seine Wirbelsäule nach hinten und stützte sein Genick auf das Regal mit den Früh- stücksflocken, »es gibt so eine Art Spruch, daß Selbstmorde immer im Dreierpack kommen. Und da ist was dran. Leute um dich rum sterben, und du fängst an, über dich selbst nachzudenken, inwie- fern du anders bist als sie, was dich eigentlich am Leben hält. Bei mir hat das eingeschlagen wie so ein Scud-Schauer, ich hatte schlicht keine Antwor- ten. Weniger dein Selbstmord als der von Orga ...« »Orga?« unterbrach ich ihn. »Ja, Orga. So was wie einen Monat nach deinem Begräbnis. Irgendwie war ich sicher, du wüßtest es.« Hinter der Theke haute einer der *Super-Deal*-Angestellten so einem armen Karpfen einen Hammer auf den Kopf, und ich spürte, daß mir Tränen aus den Augen liefen. Seit ich hier angekommen war, hatte ich nicht ein einziges Mal geweint. »Sei nicht traurig«, Ziki berührte mich mit schweißiger Hand an der Schulter, »die Ärzte haben gesagt, daß sie nichts gespürt hat, weißt du, daß sie sofort ex war.« »Wer ist hier traurig? Du Knallkopf«, ich küßte ihn auf die Stirn, »sie ist hier, kapierst du nicht, ich muß sie bloß noch finden.«

Von weitem konnte ich den Schichtleiter sehen, wie er Galfand etwas erklärte, der zustimmend nickte und gelangweilt wirkte. Anscheinend hatte er schon geschluckt, daß wir die Prämie nicht kriegen würden.

8. Kapitel

**In dem Uzi versucht, Chaim etwas
über die Existenz beizubringen, und sehr
bald verzweifelt**

»Du wirst sie im Leben nicht finden«, sagte Galfand und nahm sich ein Bier aus dem Kühlschrank, »da wette ich mit dir, um was du willst.« »Um ein Bier«, lächelte ich und fuhr fort, die Tasche zu packen. »Um ein Bier«, äffte Galfand meine Stimme nach. »Du debiler Sack, weißt du, wie viele Leichen es hier gibt? Du hast doch überhaupt keine Ahnung, ich und du rennen hier schon wer weiß wie lange auf einem Pflasterstück herum, mit Mühe einen Meter auf einen Meter, und wir kennen nicht mal die Hälfte der Leute. Also wo sollst du sie suchen gehen, in der Hölle? Es kann sein, daß diese Olga überhaupt nicht im selben Stockwerk wie du wohnt.« »Orga«, korrigierte ich. »Orga, Olga, Nadine, Tusnelda. Macht doch keinen Unterschied«, Galfand öffnete das Bier an der Tischkante, »bloß noch so eine Tussi aus Nordtelaviv.« Ich ignorierte ihn und packte weiter. »Was soll das überhaupt, Orga?« grinste Galfand. »Das ist wie ein Orgasmus, nur die hebräische Version, oder wie?« »So was in der Art«, sagte ich, denn ich hatte keine Lust, mit ihm zu streiten. »Was für abseitige Eltern geben ihrer kleinen Tochter einen solchen Namen? Hör zu, Chaim, wenn du sie findest, mußt du mich mit ihrer Mutter bekannt machen.« »Versprochen«, ich hielt drei Finger meiner rechten Hand in die Höhe, »Pfadfinderschwur.« »Also, wo gedenkst du anzufangen?« Ich zuckte die Achseln. »Orga hat immer gesagt, daß sie die Stadt haßt, daß sie an einem freieren Ort wohnen möchte. Hund, Garten, du weißt schon.« »Das besagt gar nichts«, hielt Galfand dagegen, »Frauen sagen das immer, und am Schluß mieten sie eine Wohnung in Ramat Aviv mit einem Reservisten als Mitbewohner. Ich sag's dir, es kann sein, daß sie hundert Meter weiter von hier wohnt.« »Ich weiß nicht, ich bin mir fast sicher, daß sie nicht in der Stadt ist.« Ich klaute ihm einen Schluck von dem Bier. »Intuition. Im höchsten Fall haben wir eben einen Ausflug gemacht.« »Wir haben gemacht?« fragte Galfand mißtrauisch. »Das war bloß so eine Redensart«, beruhigte ich ihn. »Ich habe nicht eine Sekunde lang daran gedacht, daß du mitkommst, bloß wegen noch so einer Tussi aus Nordtelaviv. Außerdem bin ich mir dessen bewußt, daß du ein Mann mit vielen Verpflichtungen bist.« »Jetzt komm«, fuhr Galfand wütend auf, »kriech mir nicht in den Arsch.« »Im Gegenteil«, sagte ich, »gerade hab ich's dir erklärt. Ich erwarte nicht einmal von dir, daß du mitkommst.« »Nenn mir einen einzigen guten Grund, und ich komme mit, nicht daß ich ein Arschloch wäre oder was.« »Weil ich sie liebe«, probierte ich es. »Du liebst sie nicht.« Galfand schüttelte den Kopf. »Das ist genau wie mit deinem blöden Selbstmord. Du stopfst dir einfach bloß den Kopf mit Wörtern voll.« »Warum? War dein Selbstmord vielleicht intelligenter?« »Ich versuche nicht, mit dir zu diskutieren, Chaim. Ich versuche nur, etwas zu sagen, ich weiß nicht, ich habe nicht mal eine Ahnung, was«, Galfand ließ sich neben mir nieder, »sagen wir es mal so – seit du hier angekommen bist, mit wie vielen Frauen hast du gevögelt?« »Warum?« »Bloß so.« »Richtig gevögelt, glaube ich, mit keiner.« »Glaubst du?« »Keine«, räumte ich ein. »Aber was hat das damit zu tun?« »Es hat was damit zu tun. Denn dein Körper platzt momentan vor Sperma, verstehst du? Du schlägst die Augen auf und siehst Grau. Das hat bereits solche Ausmaße erreicht, daß es sich dir stark genug aufs Hirn im Schädel schlägt, um dich meinen zu lassen, du würdest irgendeine emotionale Erfahrung machen, die vor dir noch keiner jemals im Universum erlebt hat. Eine derart gewaltige Erfahrung, daß es sich lohnt, dafür zu sterben, alles aufzugeben, nach Galiläa zu ziehen. Hast du mal in Galiläa gelebt? Du weißt, daß ...« »Hör auf, Uzi, ich habe wirklich keinen Nerv dafür«, unterbrach ich ihn, »gib mir einfach nur das Auto, in Ordnung? Und ohne Hirnwichserei von wegen der Versicherung, wenn was im Arsch ist, zahle ich.« »Jetzt werd nicht beleidigend«, Galfand faßte mich an der Schulter, »ich hab schließlich nur gesagt, daß das kein guter Grund ist. Ich hab nicht mal gesagt, daß ich nicht mitkomme. Vielleicht hast du recht, vielleicht wichse ich dir ja bloß ins Hirn, vielleicht ist diese Olga ja wirklich was Besonderes ...« »Orga«, korrigierte ich ihn wieder. »Richtig«, lächelte Galfand, »entschuldige.« »Weißt du was? Ich verschone dich mit Nordtelaviverinnen, Liebe und dem Scheiß«, änderte ich die Taktik, »ich habe vielleicht einen anderen Grund, der dich überzeugen wird mitzukommen.« »Nu?« Galfand versuchte, interessiert zu klingen, während er die leere Bierflasche in den Mülleimer schoß.

»Hast du was Besseres vor?«

9. Kapitel

**In dem sich die zwei Gefährten aufmachen,
um Orga zu suchen, und statt dessen
Araber finden**

Uzi versprach seinen Eltern, jeden Tag anzurufen,
und gleich ab dem ersten Kilometer begann er,
nach einem Telefon zu suchen. »Mensch, beruhig
dich wieder«, sagte ich zu ihm, »du warst in Süd-
amerika, du warst in Indien, du hast dir ein Dum-
dumgeschoß ins Hirn verpaßt. Das entspricht
nicht deinem Profil, dich wie so ein kleiner Junge
im großen weiten Pfadfinderlager aufzuführen.«
»Chaim, ich warne dich – leg dich nicht mit mir
an«, zischte Galfand, während er fuhr, »schau dir
diese Gegend an, was für Typen hier herumlaufen.
Ehrlich, ich weiß echt nicht, warum ich überhaupt
mitgekommen bin.« Draußen waren Leute unterwegs, die denen, die in unserem Viertel herumliefen, sehr ähnlich waren, mit etwas erloschenem
Blick und schleppendem Schritt. Der einzige
Unterschied bestand darin, daß Galfand sie nicht
kannte, und allein davon kriegte er schon die Paranoia. »Das ist keine Paranoia, kapierst du nicht?
Das sind alles Arabs hier. Ich hab's dir gesagt, wir

hätten nach Norden fahren sollen. Alle geilen Tussis sind im Norden, das ist bekannt. Im Osten gibt's rein gar nichts außer Orientalen.« »Und wenn es Arabs sind«, sagte ich, »was dann?« »Ich weiß nicht, Arabs – als Selbstmörder, beunruhigt dich das nicht? Nicht einmal ein ganz klein wenig? Und wenn sie draufkommen, daß wir Israelis sind?« »Dann bringen sie uns eben noch mal um. Kapierst du nicht, daß sie das nicht am Hintern kratzt? Sie sind tot, wir sind tot, finito.« »Ich weiß nicht«, murmelte Galfand, »ich mag keine Arabs. Das ist nicht mal Politik, das ist was Ethnisches.« »Sag mal, Uzi, hast du nicht schon genug schlechte Eigenschaften, auch ohne ein Rassist zu sein?« »Ich bin kein Rassist«, wand sich Uzi, »ich bin einfach ... Weißt du was, vielleicht bin ich ein bißchen ein Rassist. Aber echt nur eine klitzekleine Spur.« Es begann, dunkel zu werden, und an Galfands klapprigem altem Prinz funktionierte schon seit langem kein Licht mehr, also mußten wir für die Nacht anhalten. Er verriegelte die Türen von innen und beharrte darauf, daß wir im Auto übernachteten. Wir kippten die Sitze nach hinten und versuchten, so zu tun, als schliefen wir ruckzuck ein, gelegentlich inszenierte Uzi sogar irgendwelche Dehn- und seitlichen Wälzbewegungen, es war regelrecht pathetisch. Nach einer Stunde hatte sogar er die Nase voll. Er brachte den Sitz in die Senkrechte und sagte, »los, komm, wir gehen hier irgendeinen Pub suchen.« »Und die Arabs?« fragte ich. »Scheiß auf die Arabs«, sagte er. »Höchstenfalls besorgen wir's ihnen, wie in der Armee.« »Du warst nicht beim Militär«, stellte ich mich stur, »sie haben dich wegen deines Psychoprofils freigestellt, und zu Recht.« »Man muß nicht dabeigewesen sein«, Uzi stieg aus dem Prinz und knallte die Tür hinter sich zu, »ich hab's im Fernsehen gesehen.«

10. Kapitel

In dem es Uzi bereut, keinen Militärdienst gemacht zu haben, und entdeckt, wie schwierig es ist, die Toten aus der Ruhe zu bringen

Am Ende stellte sich heraus, daß Uzi recht gehabt hatte und es wirklich ein Araberviertel war. Doch auch ich behielt recht, denn es interessierte tatsächlich echt keine Menschenseele, was in unserem Paß gestanden hatte, bevor wir Schluß machten. Ihr Pub hieß Jin, was sowohl den Geist meint, den Aladin aus der Lampe befreite, als auch dieses Getränk, das Mädchen und Weicheier, die Angst vor Whisky haben, mit Tonic mischen. Uzi sagte, das Wortspiel sei ja wohl nicht gerade überwältigend, aber die Wahrheit ist, daß neben *Kadaver* alles gut klingt. Wir setzten uns an die Bar, der Barmann sah aus wie einer, der besonders übel Schluß gemacht hatte, in ziemlich vielen Einzelteilen. Uzi versuchte, mit ihm englisch zu reden, doch er checkte den Akzent sofort und antwortete ihm ungerührt auf hebräisch. »Gibt kein Flaschenbier, nur vom Faß«, murmelte er. Sein Gesicht sah aus wie ein Puzzle, bei dem jemanden mittendrin die Lust verlassen hat, mit einem hal-

35

ben Schnurrbart links von der Nase und rechts nichts. »Dann bring eins vom Faß, Kumpel«, Uzi klopfte ihm auf die Schulter, »wir werden eins auf das Wohl der Truppe kippen, Achmad.« »Nasser«, berichtigte der Barmann förmlich und begann, die Gläser zu füllen. »Was heißt hier Truppe? Warst du in der Armee?« fragte er während des Einschenkens. »Ja«, log Uzi, »bei der Tarneinheit in den Gebieten, bis irgendwann im August ... Bei Gott, ich weiß nicht mal, was mir alles entfallen ist.« »Bei Gott«, Nasser reichte Uzi das Bier, und als er mir meines hinstellte, flüsterte er, »er ist ein bißchen meschugge, dein Freund, oder?« »Ein bißchen?« lächelte ich. »Laß gut sein«, sagte Nasser beruhigend, »das ist, wie man bei euch sagt, sein Charme.« »Bei Gott«, Uzi kippte das halbe Glas mit einem einzigen Schluck hinunter, »das ist mein Charme.« »Als er gelebt hat, war er nicht beim Militär, und das frißt ihn auf«, erklärte ich. »Aber sicher war ich«, beharrte Uzi, »ich habe mich sogar regulär verpflichtet. Der Revolver«, er deutete auf seine durchlöcherte Schläfe und imitierte eine Schußbewegung, »alles mit Sportpunkten der Armee bezahlt. He, Nasser, sag mal, wie hast du den Laden dichtgemacht?« Es war völlig klar, daß Uzi Streit suchte, denn wenn es etwas gibt, das man hier niemanden fragt, dann ist es das, wie er Schluß gemacht hat. Doch dieser Nasser schien dermaßen abgefahren, daß nicht einmal Uzi eine Chance hatte, sich mit ihm anzulegen. »Kabumm!« lächelte er müde und ließ seinen zerfetzten Leichnam ein wenig tanzen. »Wieso, sieht man das vielleicht nicht?« »Bei Gott«, sagte Uzi, »kabumm! Wie viele hast du getötet?« Nasser schüttelte den Kopf und schenkte sich einen Wodka ein. »Woher soll ich das wissen?« »Was denn«, staunte Uzi, »hast du niemand hier gefragt? Es sind doch bestimmt schon ein paar nach dir angekommen.« »So etwas fragt man nicht«, Nasser stürzte den Wodka auf einen Satz hinunter. »Sag mir, wann und wo«, bohrte Uzi weiter, »wenn ich nach dir Schluß gemacht habe, könnte ich dir vielleicht sagen, wie viele ...« »Hör auf«, Nasser verhärtete sich für eine Sekunde, »wozu?« »Na ja«, versuchte ich, das Thema zu wechseln, »voll hier, heute abend.« »Brechend voll«, lächelte Nasser, »jede Nacht, aber was soll's? Fast nur Männer. Einmal alle ewigen Zeiten vielleicht irgendwelche zwei Frauen. Manchmal eine Touristin, aber so gut wie kaum.« »Sag mal«, forschte Uzi nach, »stimmt das, was gesagt wird, daß sie dir bei euch, bevor du so eine Aktion startest, siebzig geile nymphomanische Jungfrauen in der nächsten Welt versprechen? Nur für dich, Solotanz?« »Tun sie«, erwiderte Nasser, »und schau dir an, was daraus wird. Ich bin auf Alkohol herabgesackt.« »Dann warst du am Ende also der Depp, Nasser«, sagte Uzi schadenfroh. »Bei Gott«, Nasser nickte, »und du, was haben sie dir versprochen?«

11. Kapitel

In dem Chaim träumt, daß er und Orga ein Sofa kaufen, und in der grausamen Wirklichkeit erwacht

In der Nacht, im Auto, habe ich geträumt, wie Orga und ich ein Sofa kaufen gehen, und der Verkäufer in dem Laden ist dieser Araber aus dem Pub, den Uzi angemacht hat. Er zeigt uns alle möglichen Exemplare, und es fällt uns furchtbar schwer, uns auf was zu einigen. Orga beharrt auf einem furchterregenden Ding mit rotem Stoffbezug, doch ich will etwas anderes, ich erinnere mich nicht genau daran, was. Wir fangen mitten im Laden darüber zu debattieren an, und nicht bloß so, mit Gebrüll. Die Diskussion wird immer häßlicher, wir beginnen, uns gegenseitig zu beleidigen und verletzend zu werden, und dann, im Traum, fange ich mich plötzlich, höre auf und sage zu ihr: »Laß doch, was spielt das überhaupt für eine Rolle? Alles bloß Sofa. Hauptsache ist, wir beide sind zusammen.« Und als ich das zu ihr sage, lächelt sie. Und dann, anstatt zurückzulächeln, bin ich im Auto aufgewacht. Auf dem Sitz neben Uzi, der sich im Schlaf herumwälzte und alle möglichen

Leute verfluchte, die ihn im Traum quälten. »Du hältst den Mund«, sagte er zu einem, der es offenbar wirklich übertrieb, »noch ein Wort, und ich setz dir einen Keks auf den Kopf.« Anscheinend machte derjenige weiter, denn Uzi versuchte aufzustehen und knallte mit den Rippen gegen das Lenkrad. Nachdem auch er wach geworden war, öffneten wir die Fenster und rauchten eine Zigarette. »Morgen kaufen wir einen Wigwam oder Iglu, oder wie man diesen Plastikkack nennt, den sie in den Campingläden verkaufen«, bestimmte Uzi. »Zelt«, sagte ich. »Ja, ein Zelt. Das ist das letzte Mal, daß wir im Auto schlafen.« Uzi nahm einen Abschiedszug von der Zigarette und warf sie aus dem Fenster. »Der war tatsächlich mal in Ordnung, dieser Arab im Pub. Das Bier war beschissen, aber dieser Nasser war echt spitze. Weißt du, was ich geträumt habe?« »Ja«, sagte ich und saugte an dem Stummel, der von der Zigarette noch übrig war, »daß du ihm auf den Kopf scheißt.«

12. Kapitel

In dem die Gefährten eine scharfe
Anhalterin aufgabeln und versuchen,
ein Gespräch anzuleiern

Am Morgen lasen wir eine Tramperin auf, was
ziemlich merkwürdig ist, wenn man mal einen
Moment darüber nachdenkt, denn eigentlich fährt
kein Mensch hier wirklich per Anhalter. Uzi sah
sie bereits von weitem. »Schau dir die an«, sagte er
durch die Zähne, »was für eine geile Tussi, ich fall
tot um.« »Unverdorben?« fragte ich ihn mit halb-
geschlossenen Augen. »Nicht bloß das«, ereiferte
sich Uzi, »erste Sahne. Ich schwör dir, so eine, bei
der ich nie im Leben draufkommen würde, daß sie
Schluß gemacht hat, wenn wir nicht hier wären.«
Uzis Geilheit verleitet ihn meistens zu Übertrei-
bungen, aber diesmal hatte er tatsächlich recht. Sie
hatte etwas derart Lebendiges in den Augen, das
du hier nicht allzuoft zu sehen bekommst. Als wir
an ihr vorbeifuhren, schaute ich sie mir weiter im
Spiegel an, langes schwarzes Haar mit so einem
Rucksack, wie ihn Ausflügler haben, und auf einmal sah ich, daß sie die Hand hob. Auch Uzi hatte
es gesehen und stieg auf die Bremse. Das Auto hin-

ter uns hätte uns fast das Gehirn zermanscht, konnte aber in letzter Sekunde ausweichen. Uzi legte den Rückwärtsgang ein, und wir hielten neben ihr. »Steig ein, Schwester«, sagte er in einem Ton, der nonchalant klingen sollte, aber nicht so recht überzeugte. »Wo fahrt ihr hin?« fragte sie mißtrauisch. »Nach Osten«, sagte ich. »Wohin im Osten?« fragte sie weiter, während sie ihren Rucksack ins Auto stopfte und hinter ihm einstieg. Ich zuckte die Achseln. »Habt ihr eine Ahnung, wo ihr überhaupt hinfahrt?« »Du bist noch nicht lang hier, hä?« lachte Uzi. »Warum?« fragte sie beleidigt. »Weil du sonst schon geschnallt hättest, daß niemand hier wirklich eine Ahnung hat. Weiß man's, vielleicht wären wir, wenn wir eine hätten, überhaupt nie hier gelandet.«

Sie hieß Lihia, und sie erzählte uns, daß sie wirklich erst vor kurzem eingetroffen war und seitdem per Anhalter herumfuhr, weil sie die Leute suchte, die für diesen Ort verantwortlich waren. »Die Leute, die für diesen Ort verantwortlich sind?« Uzi lachte. »Was glaubst du denn, daß das ein Country Club ist und du die Büros der Geschäftsleitung suchst? Dieser Ort ist genauso wie vorher, bevor du Schluß gemacht hast, bloß eine Spur gräßlicher. Sag mal, als du noch am Leben warst, hast du je versucht, Gott zu finden?« »Nein«, sagte Lihia und bot mir einen Kaugummi an, »aber damals hatte ich auch keinen echten Grund dazu.« »Und welchen Grund hast du jetzt genau?« lachte Uzi und nahm auch einen Kaugummi. »Hast du's bereut? Denn weißt du, wenn das die Story ist und du schon den Rucksack gepackt hast und nur noch jemanden suchst, der dir ein Visum zurück besorgt ...« »Sag mal«, unterbrach ich ihn, bevor er anfing, echt beleidigend zu werden, »warum hast du die Hand zum Trampen erst gehoben, als wir schon vorbei waren?« »Ich weiß nicht«, Lihia zuckte mit den Schultern, »irgendwie war ich nicht sicher, daß ich bei euch einsteigen will. Von weitem habt ihr mir ein klein wenig so ausgesehen ... so ein bißchen ...« »Zweifelhaft?« probierte es Uzi. »Nein«, lächelte Lihia verlegen, »wie Nervensägen.«

13. Kapitel

In dem Chaim fortfährt, nicht die Hoffnung zu verlieren, Uzi, sich zu beklagen, und Lihia, mit langen Ärmeln herumzulaufen

Schon fünf Tage sind vergangen, seitdem wir Lihia mitgenommen haben. Uzi sammelt weiter haufenweise Kleingeld, ständig auf der Suche nach einem Telefon. Es gibt keinen Tag, an dem er nicht mindestens etwa eine Stunde mit seinen Eltern telefoniert, und wenn ich oder Lihia versuchen, mit ihm darüber zu witzeln, ist er auf der Stelle beleidigt. Allerdings stellt er sich nicht mehr mit dieser Kiste von wegen Fahrzeugversicherung an, und wir wechseln uns alle drei beim Fahren ab. Unser Tempo ist nicht übel, obwohl wir wegen den Scheinwerfern des Prinz nachts nicht fahren können. Um uns herum verliert sich die Stadt allmählich, es gibt weniger Menschen und mehr Himmel, niedrige Häuser mit Gärten, auch wenn alles dort irgendwie immer verwelkt ist. Das Zelt, das wir gekauft haben, ist relativ gelungen, und wir haben angefangen, uns daran zu gewöhnen. Jede Nacht träume ich diesen blöden Traum vom Streit mit Orga, und jede Nacht versöhnen wir uns am Ende, und da-

nach, wenn ich aufwache, sagt Uzi, daß wir sie nie
im Leben finden werden, daß es ihn jedoch nicht
störe, so lange weiterzumachen, bis es mir reichen
würde. Er redet hartnäckig immer dann von Orga,
wenn Lihia dabei ist. Lihia allerdings glaubt, daß
ich eine Chance habe, aber Uzi hält nicht so richtig was von ihr.

Gestern, als er und ich aus dem Wagen stiegen, um
zu pinkeln, fing er an, sich zu beklagen, daß das
Ganze, seit sie sich uns angeschlossen hat, allmählich ein bißchen herb würde. »Sie flachlegen«, sagte er, während er abschüttelte, »flachlegen tun wir
sie schließlich beide nicht. Solange wir allein waren, konnten wir wenigstens ordinär sein.« »Das
kannst du jetzt auch«, sagte ich, »frei weg, wer hin-
dert dich daran?« Wir waren beide schon mit dem
Pinkeln fertig, blieben aber in der Position stehen,
um weiterreden zu können. »Im Prinzip hast du
recht«, gab Uzi zu, »aber im Grunde unseres Her-
zens wissen wir beide, daß es nicht wirklich dassel-
be ist, neben einer geilen Tussi mit Schweinkram
anzufangen. Wenn so eine dabei ist, klingt es immer irgendwie weniger spontan und mehr nach
Provokation.«

Danach kehrten wir zum Auto zurück, und ich
löste Uzi beim Fahren ab. Während dieser ganzen
Zeit döste Lihia in ihrem Trainingsanzug hinten-

drin. Seit wir sie mitgenommen haben, habe ich sie nie kurzärmlig gesehen. Uzi sagt, er sei bereit, den Prinz darauf zu verwetten, daß sie sich die Adern aufgeschnitten hat, aber wir haben alle beide nicht den Mut, sie zu fragen, wie und warum sie Schluß gemacht hat, es ist ja auch nicht so wichtig. Sie ist goldig, wenn sie schläft, so entspannt, und abgesehen von diesem Trip, daß sie die Verantwortlichen finden will, was wirklich ein bißchen komisch ist, ist sie echt in Ordnung. Trotz Uzis ganzer Stänkerei glaube ich, daß er ein bißchen in sie verliebt ist, vielleicht stänkert er gerade deswegen, damit ich ihm nicht draufkomme. Die Wahrheit ist, daß ich auch manchmal auf solche Gedanken komme, daß ich Orga vielleicht tatsächlich nicht finden werde und daß sich Lihia vielleicht auch ein bißchen in mich verlieben könnte, aber ich höre gleich am Anfang wieder damit auf. Außerdem kann ich spüren, daß Orga schon ganz nahe ist. Uzi sagt, das sei reine Dummschwätzerei, garantiert sei sie auf der völlig entgegengesetzten Seite und, wo sie auch immer sei, hätte schon jemanden, bestimmt einen Bimbo, der sich am Schwanz erhängt hat. Doch ich kann es echt riechen, wie nah sie mir ist und daß ich sie finden werde, und bloß weil mein bester Freund hier verzweifelt und fertig ist, besagt das noch lange nicht, daß ich das auch sein muß.

14. Kapitel

Das mit einem Wunder anfängt und
beinahe mit einem Unglück endet

Am Abend, als wir schon begannen, einen Platz zum Parken zu suchen, geschah etwas Merkwürdiges. Lihia saß gerade am Steuer, und irgendein Laster, der überholen wollte, ließ einen wüsten Hupton los, ziemlich beängstigend, und Lihia fuhr auf den Seitenstreifen, um ihn vorbeizulassen, und als sie beim Versuch, wieder einzuscheren, den Blinker betätigte, gingen plötzlich die Scheinwerfer des Prinz an. Uzi, der hinten saß, verfiel schlicht in Ekstase. »Du bist eine Zauberkünstlerin, ein Genie«, er küßte Lihia, die wegen seiner wilden Begeisterung fast die Kontrolle über den Wagen verloren hätte, »du bist die Florence Nightingale der Autos, ach, was sag ich, Nightingale? Du bist Marie Curie, Mania Schochat, eine Pionierin der Nationalgeschichte!« »Uzi, beruhige dich«, lachte Lihia, »es sind bloß Scheinwerfer.« »Bloß Scheinwerfer«, Uzi blickte sie mitleidig an, »was bist du für ein Unschuldsengel. So genial – und so naiv. Weißt du, wie viele Mechanikerfritzen unter die Motorhaube dieses alten Prinz getaucht sind? Vergiß die Mechanikerfritzen, Atomingenieure, holistische Therapeuten der schwergewichtigen Mechanik, Leute, die den Motor von einem Mac Diesel in zwanzig Sekunden mit verbundenen Augen zerlegen und wieder zusammensetzen, haben es nicht geschafft, das zu reparieren, bis du daherkommst«, er knetete ihren Hals, »mein genialer Engel.« Aus meiner Ecke schien es, daß sich Uzis spontane Begeisterung schon etwas gelegt hatte und er bloß weitertobte, um einen Vorwand zu haben, Lihia noch ein wenig anzufassen. »Weißt du, was das heißt«, bemerkte ich, »daß wir jetzt auch in der Nacht fahren können.« »Bei Gott«, sagte Uzi, »und an dem ersten Ort, den wir heute nacht ansteuern, mit unseren Scheinwerfern, die so wunderschön sind, daß es schon weh tut, da werden wir uns die Birne vollknallen.« Wir setzten die Fahrt fort, auf der Suche nach irgendeinem Pub. Außerhalb der Stadt war alles ziemlich öde, so in etwa jede halbe Stunde mal kamen wir an einem Schild mit einem Pfeil zu irgendeiner Hamburgeria oder Pizzeria vorbei. Nach vier Stunden brach Uzi zusammen, und wir hielten an, um in einer Lokalität zu feiern, wo sie Eiscreme und Frozen Yoghurt verkauften. Uzi fragte, was von dem, was sie hatten, Alkohol am nächsten kam, und die Verkäu-

ferin erwiderte, das sei Eis mit Kirschlikörge-
schmack. »Sag mal, Sandra«, sagte Uzi, der auf den
Namenssticker der Angestellten gelinst hatte, »wie
viele Waffelbecher, meinst du, muß man wohl
schlucken, um sich echt die Birne vollzuknallen?«
Unter dem Namen auf dem Sticker befand sich das
Abbild des Logos der Kette – ein Seehund mit
Clownshut auf einem Einrad und darunter der
Slogan ›Wenig Geld – viel Geschmack‹. »Ich weiß
nicht«, Sandra zuckte die Achseln. »Dann bring
uns vier Kilo«, bestimmte Uzi, »sicher ist sicher.«
Sandra füllte die Kühlbehälter mit geübten Bewe-
gungen. Ihr Körper wirkte etwas müde, aber ihre
Augen blieben die ganze Zeit über weit offen, fast
überrascht. Wie auch immer sie Schluß gemacht
hatte, es mußte plötzlich gewesen sein.

Auf dem Weg zum Auto blieb Lihia vor so einem
Aushang von der Sorte stehen, die besagte, was die
Angestellten dieser Lokalität tun sollten: höflich
zu Kunden sein, Hände waschen nach dem Kloge-
hen und so'n Zeug. Als ich in der Pizzeria *Kamikaze* gearbeitet habe, hatten wir auch so was neben
den Toiletten hängen, und immer, wenn ich dort
beim Scheißen gewesen war, habe ich mir nicht die
Hände gewaschen, bloß so, um mich als Individua-
list zu fühlen. »Solche Orte haben etwas leicht Tri-
stes an sich«, sagte Lihia, als wir im Auto schon an

dem Eis löffelten, »immer wenn ich so wo reinge-
he, hoffe ich, daß was Unerwartetes passiert. Und
wenn es nur eine Kleinigkeit ist. Daß der Verkäufer sein Namensschild verkehrtrum anstecken hat,
daß er vergißt, die Mütze aufzusetzen, oder daß er
einfach mal sagt: ›Laß es lieber, das Essen hier ist
zu eklig.‹ Aber das passiert nie. Wißt ihr, was ich
meine?« »Ganz ehrlich?« Uzi schnappte ihr den
Eisbehälter weg. »Nicht wirklich. Vielleicht wechseln wir uns ein bißchen ab?« Man sah, daß er
schon ganz versessen darauf war, mit den neuen
Lichtern zu fahren. Einen knappen Kilometer,
nachdem wir getauscht hatten, kam so eine Art
Rechtskurve, und direkt dahinter lag quer über die
Straße, schlafend, ein großer, dünner Mann mit
Brille, der auch nicht zu schnarchen aufhörte, als
Uzi auswich und gegen einen Baum fuhr. Wir stiegen aus dem Auto, keiner von uns war wirklich
verletzt, aber der Prinz war total geschrottet. »Sag
mal«, Uzi rannte zu dem Mann hin, der auf der
Straße lag, und schüttelte ihn, »du bist wohl wahnsinnig.« »Das genaue Gegenteil«, sprang der Große, der mit verblüffender Geschwindigkeit aufgewacht war, auf die Füße und hielt Uzi eine Hand
hin, »ich bin Rafael, Rafael Kneller. Aber ihr könnt
mich Rafi nennen.« Und als er sah, daß Uzi seine
ausgestreckte Hand nicht drückte, kniff er die Au-

gen zu und sah sich forschend um. »Was ist das für ein Geruch? Wie Eiscreme.« Und unmittelbar darauf, ohne eine Antwort abzuwarten, »sagt mal, habt ihr hier vielleicht zufällig einen Hund gesehen?«

15. Kapitel

**In dem Kneller viel Gastfreundschaft und
wenig Paranoia beweist und erklärt, weshalb
sein Haus nicht wirklich ein Ferienheim ist**

Nachdem sich Uzi etwas beruhigt hatte, unter-
suchten wir alle zusammen das Auto und stellten
fest, daß es Zeitverschwendung war. Kneller war
schrecklich unangenehm berührt, als er begriff,
was passiert war, und das Ganze nur wegen ihm,
und schlug uns übergangslos vor, mitzukommen
und bei ihm im Haus zu übernachten. Auf dem
Weg dorthin hörte er nicht mehr auf zu reden, und
bei jedem Schritt flog sein Körper in alle Richtun-
gen, als wollte er an einen Haufen Orte gleichzei-
tig und hätte Schwierigkeiten zu entscheiden, wohin. Überhaupt sah er total verrückt aus, dieser
Kneller, aber extrem harmlos. Sogar sein Geruch
war irgendwie unschuldig, so wie ein Babypopo.
Ich konnte mir nur schwer vorstellen, daß so einer
Schluß macht. »Meistens laufe ich nicht zu dieser
Tageszeit hier herum, aber ich bin gerade losgezo-
gen, um meinen Hund zu suchen, Freddy, der ver-
lorengegangen ist, ihr habt ihn nicht vielleicht zufällig gesehen? Und auf einmal hat mich diese gan-

52

ze Pastorale ringsherum etwas übermannt. Na gut, das ist nur natürlich, wer möchte nicht gerne ein bißchen zwischen den Bäumen schlummern, ihr wißt schon, im Schoß der Natur«, versuchte Kneller, die Ereignisse mit viel Händegefuchtel zu erklären, »aber so? Mitten auf der Straße? Also wirklich, das ist schon sehr sehr unverantwortlich. Zu viele leichte Drogen«, zwinkerte er uns zu, doch als er sah, daß Uzi bedrohlich ernst blieb, fügte er hastig hinzu, »Drogen als Metapher, das heißt, niemand raucht hier wirklich was.«

Knellers Haus sah haargenau wie diese bescheuerten Häuser aus, die wir im Kindergarten immer malten, mit Ziegeldach, Schornstein, einem Laubbaum im Hof und diesem gelben Licht in den Fenstern. Am Hauseingang war ein riesiges Schild mit schwarzem Aufdruck, »Zu vermieten«, und jemand hatte mit blauer Farbe darüber gekritzelt, »Knellers Ferienheim«. Kneller erklärte uns, das Haus sei nicht wirklich zu vermieten, das heißt, es war mal, aber dann kam Kneller und mietete es, und er habe auch nicht wirklich ein Ferienheim, das sei bloß so eine Art nicht unbedingt witziger Scherz von irgend so einem Freund von ihm, der schon seit langer Zeit bei ihm wohnte und beschlossen hatte, wegen der ganzen Gäste, die ständig kamen, und wegen der Aktivitäten, die Kneller

immer für sie organisierte, daß dieser Ort ein bißchen wie ein Ferienheim war. »Wartet, bis sie das
Eis sehen«, lächelte er und deutete auf den Kühlbehälter, den Lihia in der Hand hielt, »sie werden
echt ausflippen.«

16. Kapitel

In dem Lihia ein kleines Wunder vollbringt und Uzi sich in eine Eskimofrau verliebt

Wir sind schon fast einen Monat hier, und Kneller hat angefangen, sich damit abzufinden, daß sein Hund Freddy nicht vorhat zurückzukommen, und es sieht auch nicht so aus, als ob der Abschleppwagen, den Galfand bestellt hat, irgendwann einmal käme. In der ersten Woche machte Uzi noch allen hier das Leben zur Hölle, probierte es mit allen möglichen Anrufen und suchte nach einem anderen Weg, um wieder heimzukommen, aber dann lernte er hier eine Eskimofrau kennen, zum Fürchten schnucklig, die zu sehr nicht von hier ist, um seinen Charakter zu durchschauen, und seitdem sie zusammen sind, macht er schon viel weniger Druck, sich abzusetzen. Und obwohl er weiterhin einmal pro Tag mit seinen Eltern telefoniert, geht es jetzt meistens um sie. Am Anfang hat dieser Ort mich auch gestreßt, lauter so positive Leute aus aller Welt, die, nachdem sie Schluß gemacht hatten, die andere Seite vom Schöner Leben entdeckten. So was zwischen United Colours of

Benetton und verlorenen Inseln. Bloß daß die Leute hier tatsächlich nett sind, ziemlich erloschen, aber sie versuchen, aus dem bißchen, das sie haben, das Maximum herauszuholen. Und dazwischen, als dirigiere er ein Orchester, läuft Kneller mit seinen wedelnden Armen herum. Ich habe Lihia erzählt, daß wir, als ich aufs Gymnasium ging, im Physikbuch so eine Aufgabe hatten über einen Wundermenschen, wie er in dem Buch genannt wurde, der vom Dach eines Gebäudes fiel und seine Fallzeit mit einer Stoppuhr maß. Es stand nicht da, wie er aussah, aber irgendwie stellte ich ihn mir wie Kneller vor – stark bei der Sache, aber so ganz und gar nicht von dieser Welt. Lihia fragte mich, was am Ende bei der Frage in Physik herausgekommen sei, und ich antwortete ihr, daß ich mich nicht so genau erinnere, jedoch sicher sei, daß der Wundermensch am Schluß gerettet wurde, denn es war ein Physikbuch für die Jugend. Worauf Lihia zu mir sagte, wenn es so sei, dann sei es bestimmt Kneller, denn sie könne mit Leichtigkeit vor sich sehen, wie er vom Dach eines Gebäudes marschiert, sich ihn jedoch einfach nicht wirklich vorstellen, wie er am Boden aufschlägt. Am Morgen gingen wir mit ihm ein bißchen in seinem Garten arbeiten, in dem es ihm bis heute nicht gelungen ist, irgendwas außer Gras zum Rauchen zu züchten. Mitten unter der Arbeit drehte Lihia den Wasserhahn auf, um daraus zu trinken, und statt Wasser kam Soda heraus. Lihia und ich waren ziemlich begeistert davon, aber Kneller zeigte sich nicht beeindruckt. »Das könnt ihr ignorieren«, sagte er geringschätzig, »das passiert hier die ganze Zeit.« »Was?« fragte ich erstaunt. »Solche Dinge«, Kneller fuhr fort, die Beete umzugraben. »Wunder?« fragte ich. »Denn weißt du, Rafi, es ist ja nicht direkt so, daß Lihia hier Wasser in Wein verwandelt hätte, aber es ist auch nicht ganz weit davon.« »Weit genug«, erwiderte Kneller, »wenn du willst, nenn es Wunder, aber es ist kein bedeutendes Wunder, die gibt es hier wie Müll. Komisch, daß ihr es überhaupt bemerkt habt, den meisten Leuten fällt es nicht einmal auf.« Lihia und ich verstanden das nicht so ganz. Aber Kneller erklärte, daß das eine der hervorstechenderen Eigenheiten dieser Gegend sei, daß Leute imstande waren, hier ziemlich verblüffende Dinge anzustellen, wie Steine in Pflanzen verwandeln, die Farbe von Tieren verändern, sogar ein wenig in der Luft schweben, jedoch nur, solange es nicht wirklich grundsätzlich war oder etwas änderte. Ich sagte zu ihm, das sei ziemlich verblüffend, und wenn das hier tatsächlich so häufig passiere, dann könne man doch versuchen, daraus so eine Vorstellung zu organisieren, wie bei Zauberkünstlern, es vielleicht sogar im Fernsehen ausstrahlen. »Aber das versuche ich dir doch gerade zu erklären«, Kneller schaufelte energisch Erde, »daß es eben nicht möglich ist, denn in dem Moment, in dem man Leute eigens dafür herbringen würde, um es zu sehen, würde es nicht mehr funktionieren. Die Dinge geschehen nur, wenn sie tatsächlich absolut nichts ändern. Das ist wie wenn wir mal annehmen, du findest dich plötzlich übers Wasser gehend wieder, was eine Sache ist, die hier hin und wieder passiert, doch nur unter der Bedingung, daß dich auf der anderen Seite nichts erwartet oder daß nicht irgendein Hysteriker in der Gegend ist, der daraus eine Affäre macht.« Lihia erzählte ihm von den Lichtern des Prinz in der Nacht, in der wir uns begegnet waren, und Kneller sagte, das sei ein klassischer Fall. »Die Scheinwerfer von einem Auto zu reparieren klingt mir aber doch ziemlich bedeutend«, wandte ich ein. »Hängt davon ab, wohin du fährst«, lächelte Kneller, »wenn du fünf Minuten später gegen einen Baum donnerst, dann nicht wirklich.«

17. Kapitel

In dem Lihia Chaim etwas Intimes erzählt und Uzi darauf beharrt, daß es bloß Geschwätz ist

Seit der Unterhaltung mit Kneller habe ich angefangen, mir dieser ganzen Wunder bewußter zu werden. Gestern gingen Lihia und ich außer Haus spazieren. Lihia hielt eine Sekunde an, um sich den Schuh zuzubinden, und plötzlich sahen wir, wie das Stück Felsen, auf den sie gerade eine Sekunde zuvor den Fuß gestellt hatte, verkehrt herum in den Himmel hinauffiel, bis es verschwunden war, einfach so, ohne Grund. Und einen Tag zuvor, als Uzi die Kugeln auf dem Billardtisch anordnen wollte, sah ich plötzlich, daß sich eine von ihnen in ein Ei verwandelt hatte. Ehrlich gesagt, ich bin schon ganz wild darauf, mein erstes Wunder zu vollbringen, wobei mir ziemlich egal ist, was, und sei es noch so blöde. Kneller sagt, dadurch, daß ich es so unbedingt will, wird es zu etwas von Bedeutung, und deswegen wird es mir nie gelingen. Vielleicht hat er recht, aber etwas an seiner ganzen Erklärung klingt schon sehr unfundiert und verwirrend. Kneller sagt, es liege nicht an der

Erklärung, es sei dieser Ort rings um uns, der ein wenig unfundiert und verwirrend ist. Im einen Augenblick beendet der Mensch sein Leben und zackbumm! Eine Sekunde danach ist er schon hier samt Narben und Hypothek. Und überhaupt, warum nur Selbstmörder, warum nicht einfach generell Tote? Irgendwie scheint auch dahinter nicht allzuviel Logik zu stecken. So ist es eben, und das war's. Alles in allem ist das vielleicht nicht unbedingt ein Schlager, doch es hätte auch noch viel schlimmer sein können. Uzi ist die ganze Zeit mit seiner neuen Freundin zugange. Es gibt nicht weit von hier einen Fluß, und sie bringt ihm Kajakfahren und Fischen bei, was ziemlich komisch ist, da zumindest ich hier so gut wie noch nie Tiere gehört oder gesehen habe, abgesehen vielleicht von Knellers Hund, bei dem ich aber auch nicht sicher bin, ob er wirklich existiert. Uzi hat ihr als Gegenleistung nicht viel anzubieten, und damit er sich nicht als Ausbeuter fühlt, bringt er ihr Namen von Ex-Fußballergrößen bei und auf arabisch zu fluchen. Die meiste Zeit verbringe ich mit Lihia. Kneller hat ein paar Fahrräder im Schuppen, und wir fahren häufig damit spazieren. Sie hat mir erzählt, wie sie Schluß machte, und es hat sich herausgestellt, daß sie sich gar nicht umgebracht hat, sondern an einer Überdosis gestorben ist. Jemand schlug ihr vor, irgend etwas zu spritzen, was für beide das erste Mal war, und anscheinend präparierten sie es nicht richtig. Deswegen glaubt sie auch, daß sie irrtümlich hier gelandet ist, und wenn sie bloß irgendeinen Jemand finden würde, den sie darauf ansprechen könnte, würde man sie umgehend von hier wegbringen. Ehrlich gesagt, ich glaube nicht, daß sie echt eine Chance hat, so jemanden zu finden, aber ich glaube auch, es ist besser, ihr das nicht zu sagen. Lihia hat mich gebeten, niemandem davon zu erzählen, aber ich habe es Uzi verraten, und der meinte, das sei Blödsinn, niemand lande hier irrtümlich. Ich erzählte ihm, was Kneller darüber sagt, nämlich daß dieser ganze Ort ein einziger großer Irrtum sei, und wenn dieser Ort merkwürdig genug ist, um eine Billardkugel in ein Ei zu verwandeln, dann kann es ebenso sein, daß Lihia irrtümlich hier gelandet ist. »Weißt du, an was mich das erinnert?« murmelte Uzi, während er sich den Mund mit Toast vollstopfte. »An diese Filme, wo der Held ins Gefängnis kommt und alle möglichen Leute daherkommen und ihm erzählen, daß sie aus Versehen und total unschuldig dort sind, aber du siehst es ihrem Gesicht an, daß sie die Allerschuldigsten sind. Du weißt, ich bin verrückt nach Lihia, aber was soll dieses ganze Geschwätz von Überdosis? Hast du in Tel Aviv mal jemanden spritzen sehen? Die Leute hierzulande fürchten sich ja schon vor der Tetanusimpfung, wenn sie bloß eine Nadel sehen, fallen sie schon in Ohnmacht.« »Aber es ist ja nicht so, daß sie ein Junkie wäre oder so was«, wandte ich ein, »es war das erste Mal bei ihr.« »Das erste Mal«, Uzi nahm einen Schluck Kaffee, »glaub mir, Chaim, keiner stirbt vom ersten Mal, egal an was, außer er will es ganz unbedingt.«

18. Kapitel

In dem Chaim träumt, in einem Gefängnisfilm zu sein, der ein schlechtes Ende nimmt, und alles deshalb, weil er keinen Charakter hat

In jener Nacht träumte ich, Uzi, Lihia und ich würden aus irgendeinem Gefängnis fliehen. Zuerst brechen wir aus unserer Zelle aus, was noch verhältnismäßig leicht ist, aber danach, als wir in den Gefängnishof gelangen, gehen alle möglichen Alarm- und Lichtanlagen los. Auf der anderen Seite des Zauns wartet ein Transit auf uns, und ich mache die Steigleiter für Uzi und Lihia, die über den Zaun klettern. Dann will auch ich hinüberklettern, aber es ist niemand mehr da, der mir helfen könnte, und da plötzlich sehe ich Kneller neben mir, und bevor ich zu ihm sagen kann, er solle mir mal Hilfestellung geben, erhebt er sich von selber in die Luft und schwebt auf die andere Seite hinüber. Und jetzt sind bereits alle draußen, Orga eingeschlossen, die den Transit fährt, und alle warten nur noch darauf, daß ich komme. Hinter mir höre ich die Sirenen und die Hunde und dieses ganze Zeug, was man in Gefängnisfilmen so hört, und es kommt ständig näher. Und Uzi, auf der anderen

Seite des Zauns, schreit mir zu: »Los, Chaim, bei Gott, stell dich nicht so an, flieg ein bißchen!« Und wie um mich zu ärgern, schwebt Kneller über dem Transit und macht allerlei Loopings und Flick-flacks. Auch ich probiere es, aber es will mir nicht richtig gelingen. Und dann fahren sie alle ab, oder die Familie von Uzi kommt plötzlich – ehrlich ge-sagt, von dem Teil ab erinnere ich mich nicht mehr so genau. »Weißt du, was dieser Traum sagen will?« sagt Uzi zu mir. »Daß du ein gestörter Typ bist. Leicht beeinflußbar und gestört. Leicht be-einflußbar, denn es reicht, daß ich einmal ›Gefäng-nis‹ zu dir sage, und sofort träumst du davon. Und gestört, denn genau das sagt der Traum an sich aus.« Uzi und ich sitzen am Fluß, mit Wäschelei-nen in der Hand, und versuchen, nach irgendeinem Patent zu fischen, das seine Freundin ihm beige-bracht hat. Wir sind schon zwei Stunden hier und haben nicht einmal einen Schuh geangelt, was Uzi grausam gemein werden läßt. »Überleg mal, im Traum schaffen es alle, sich zu befreien, denn sie nehmen ihre Existenz leicht. Und bloß du, wegen der permanenten Leier in deinem Hirn, bleibst stecken. Der Traum ist ganz einfach, fast schon pädagogisch, würde ich sagen.« Es fängt langsam an, kühl zu werden, und ich frage mich, wann es Uzi wohl reicht mit diesem schwachsinnigen Angeln, denn um ehrlich zu sein, mir reicht es schon längst, und es ist ziemlich klar, daß es hier keine Fische gibt. »Ich will dir noch was sagen«, fährt Uzi fort, »es ist nicht nur der Traum, der das zeigt. Auch, daß du dich an ihn erinnerst und nachher davon erzählst. Es gibt eine Menge Leute, die träumen, aber nicht alle machen eine solche Affäre daraus. Ich habe Träume, aber ich bestehe nie darauf, sie dir zu erzählen, und deswegen bin ich auch ein glücklicherer Mensch.« Und wie zum Beweis zieht er seine Leine durchs Wasser, und es hängt ein Fisch daran. Es ist zwar ein kleiner, häßlicher Fisch, aber es reicht, um Uzis sowieso schon platzendes Ego noch zu mästen. »Hör einmal auf deinen Freund – vergiß für einen Moment deine Träume und diese ganzen infantilen Wunder und mach dich an Lihia ran. Lebe den Augenblick, was ist schlecht daran? Sie sieht gut aus, ein wenig daneben, aber echt positiv, und sie ist bestimmt mit bei der Sache. Unter uns, sie wird nie im Leben Gott finden, um ihm eine Klage reinzuwürgen, und du wirst den Kadaver deiner Nordtelaviverin nicht finden, ihr sitzt beide hier alleine fest, also könntet ihr wenigstens ein bißchen voneinander profitieren.« Während wir reden, verwandelt sich der häßliche Fisch, der sich in Uzis Hand windet, in einen anderen, rot und eine Spur größer, allerdings nicht

65

weniger häßlich. Uzi drückt ihn auf den Boden und schlägt ihm mit einem Stein auf den Kopf, bis er zu zappeln aufhört, noch so ein Eskimotrick. Er hat nicht einmal bemerkt, daß sich der Fisch verändert hat, oder? Vielleicht hat er recht, vielleicht macht das auch keinen wirklichen Unterschied. Aber in Sachen Orga, ich spüre echt, daß sie hier ist, daß es genügt, den Kopf umzudrehen, und schon ist sie irgendwo hinter mir. Und dieser ganze Zynismus von Uzi kratzt mich nicht die Bohne, denn ich weiß ganz einfach, daß ich sie finden werde. »Sag mir nur eins«, sagt Uzi auf dem Heimweg zu mir, »dieser Kneller, auf was für einem Trip ist der eigentlich? Daß er die ganze Zeit happy ist und Leute umarmt, ist der ein Homo oder was?«

19. Kapitel

In dem Kneller Geburtstag feiert und Chaim und Lihia beschließen, die Reise fortzusetzen

In den letzten Tagen trafen haufenweise Leute hier ein. Kneller hat nämlich Geburtstag, und alle sind fürchterlich aufgeregt, backen Kuchen oder überlegen sich originelle Geschenkideen. Die meisten hier haben nicht einmal genügend Koordination zum Schnaufen, und Lihia sagt, daß es ein großes Glück sein wird, wenn dieser gesamte kreative Irrsinn ohne ein Unglück endet. Bisher gab es bereits zwei, die sich geschnitten haben, und einen, der sich so in etwa sämtliche Finger durchbohrt hat, als er versuchte, Kneller eine Tasche zu nähen. Und außer ihnen ist da auch noch Jan, irgend so ein holländischer Astronaut, der gestern morgen hier mit einem Schmetterlingsnetz loszog und sagte, er gehe in den Wald, um für Kneller einen neuen Hund einzufangen, und von dem man seitdem nichts mehr gehört hat. Auch Kneller selbst wirkt ganz aufgeregt. Am Abend, als wir den Tisch für das Festessen deckten, fragte ich ihn, wie alt er wird, und er begann zu stot-

67

tern und entdeckte plötzlich, daß er sich eigentlich nicht mal erinnert.

Nach dem Essen und den Geschenken wurden Platten aufgelegt, und die Leute tanzten allen Ernstes, wie auf Klassenfesten. Sogar ich tanzte einen Schieber mit Lihia. Gegen vier Uhr früh fiel jemandem ein, daß Kneller einmal Geige spielen gelernt hat und daß er seine Geige im Geräteschuppen herumliegen sah. Zuerst wollte Kneller nicht spielen, aber er fiel sehr schnell um und spielte *Heart of Gold*. Tatsache ist, ich bin kein großer Musikkenner, aber in meinem ganzen Leben habe ich noch nie jemanden so spielen hören. Nicht daß er nicht gemogelt hätte, denn ein bißchen falsch spielte er schon, aber man spürte es an den Tönen, daß er mit vollkommener Andacht spielte. Und nicht bloß ich, alle standen wir einfach schweigend da, wie bei der Sirene am Holocausttag. Sogar Uzi, der in solchen Momenten liebend gerne stört, machte keinen Mucks und hatte ganz nasse Augen. Nachher sagte er zu mir, das komme von der Allergie, doch es war klar, daß er das bloß so sagte. Nachdem Kneller zu spielen aufgehört hatte, hatte keiner mehr Lust, noch allzuviel zu machen. Die meisten gingen ins Bett, und Lihia und ich halfen ein bißchen beim Aufräumen. Während wir in der Küche waren, fragte sie mich, ob ich mich nach all die-

68

sen Dingen von früher, bevor ich Schluß gemacht hatte, sehnte. Ich sagte ihr die Wahrheit, daß ich zwar mein Leben dafür geben würde zurückzukehren, mich jedoch an nicht viel dort erinnerte, außer an Orga, und daß ich mich jetzt, wo sie hier sei, eigentlich nach gar nichts mehr sehnte. »Oder vielleicht«, sagte ich zu ihr, »ein bißchen nach mir selber. Wie ich war, bevor ich Schluß gemacht habe. Sicher bilde ich mir das ein, aber irgendwie habe ich mich als mehr ... irgendwas mehr in Erinnerung. Nicht einmal daran erinnere ich mich noch.« Lihia sagte, sie sehne sich nach allem, sogar nach den Dingen, die sie haßte, und daß ihr schien, sie sollte am besten gleich morgen von hier weg, denn wenn sie jemand finden wollte, der ihr helfen konnte, mußte sie weitersuchen. Ich sagte zu ihr, daß sie recht habe und daß auch ich mich besser wieder auf den Weg machen sollte, wenn ich Orga tatsächlich finden wollte. Wir hatten alles Geschirr ins Spülbecken gestellt, aber es fehlte uns beiden die rechte Lust, ins Bett zu gehen. Im Wohnzimmer saß Kneller auf dem Boden und spielte wie ein kleiner Junge mit seinen Geschenken, als auf einmal Jan hereinstürmte, sein bescheuertes Schmetterlingsnetz in der Hand, und sagte, daß auf der anderen Seite des Waldes der König Messias wohne und daß er Knellers Hund als Geisel halte.

20. Kapitel

In dem Freddy unter falscher Identität
Schawarmas verdrückt

Jan schaute uns keuchend an. Er war rot im Gesicht. Wir setzten ihn ins Wohnzimmer und brachten ihm ein Glas Wasser, und er erzählte uns, wie er im Wald auf der Suche nach einem neuen Hund für Kneller den Weg verloren hatte und wie er am Schluß, als er auf der anderen Seite herauskam, so eine große Villa mit einem Schwimmbecken sah und die Leute dort bitten wollte, ihn beim Ferienheim anrufen zu lassen, damit ihn jemand abholen käme. Doch in der Villa gab es kein Telefon, nur viel Musik und Lärm, und alle dort hatten sie diese Nackenschwänzchen, waren braungebrannt und sahen wie Australier aus, außer den Mädchen, die in Bikinis ohne Oberteil herumliefen. Sie waren schrecklich nett und gaben Jan ganze Berge zu essen, und sie erzählten ihm, daß dieses Haus das Haus des König Messias sei und daß sie alle hier zu seinem Kreis gehörten und daß der König Messias bloß Trance liebe, weswegen auch sie die ganze Zeit diese Musik in voller Lautstärke hörten. Sie

erzählten auch, daß der König Messias Gideon hieße, ihn aber alle Gido riefen, ein Name, den irgendeine mal für ihn erfunden hatte und der voll
einschlug, und daß Gido ursprünglich aus irgendeinem Mizpe-Kaff in Galiläa käme, aber schon lange Zeit hier sei, und heute in einer guten Woche
würde er ein bedeutendes und gezieltes Wunder
vollbringen, nicht nur einfach so irgendwas, das einem versehentlich auskommt, und daß sie nicht
verraten dürften, was es sei, aber es würde was echt
Großes werden, und Jan sei eingeladen, zu bleiben
und zuzuschauen. Jan, der sich langsam, aber sicher an die Musik zu gewöhnen begann, war stark
begeistert, auch von dem Wunder, hauptsächlich
aber von den Halbnackten. Sie besorgten ihm ein
Zimmer in der Villa zusammen mit noch so einem
netten Gleitschirmtypen, der, bevor er Schluß
machte, Geschäftsführer von einem Ableger des
Hardrock-Café in Edmonton, New Zealand, gewesen war. Am Abend gingen sie alle nackt im
Pool schwimmen, und Jan, der sich ein bißchen
schämte, war draußen geblieben, als er plötzlich
Freddy, Knellers Hund, sah, der aus einer Plastik-
schüssel neben dem Pool Schawarma fraß. Jan erklärte ihnen, daß Freddy der Hund seines guten
Freundes sei, der vor einigen Wochen verlorenge-
gangen war. Und alle dort sahen ziemlich verwirrt

drein, weil der König Messias diesen Hund adop-
tiert und ihnen gesagt hatte, er sei ein Genie, und
ihm sogar das Reden beigebracht hatte. Jan wußte,
daß Knellers Hund ein paar Worte sprechen konnte, die er aber auch nicht wirklich verstand, aber er
wußte ebenso genau, daß er davon abgesehen echt
dämlich war. Er wollte das nur nicht so sagen, um
den König Messias nicht zu beleidigen, der gerade
eintraf. Dieser König Messias, Gido, war so ein
großer Blonder mit blauen Augen und langen
Haaren, und er hatte auch eine Freundin, leicht
verbogen, aber sehr hübsch, und die beiden hörten
sich geduldig Jans Geschichte an, bis Gido am
Ende sagte, wenn das tatsächlich der entlaufene
Hund sei, würde er ihn mit Freuden zurückgeben,
und daß es ganz einfach sei, das herauszufinden. Er
fragte Jan, wie der Hund heiße, und Jan sagte zu
ihm, Freddy. Und dann rief Gido Freddy, der gerade fertig gefressen hatte, und fragte ihn, wie er
heiße, und der dämliche Hund wedelte mit dem
Schwanz und sagte »Nasser«, ein beschränkter
Witz, den irgendeiner von der Golani-Kampftrup-
pe, der mitten im Kompanieführerkurs Schluß gemacht und danach eine Weile bei Kneller gewohnt
hatte, Freddy beigebracht hatte, als er noch ein
Welpe war. Jan versuchte, auch das zu erklären,
aber Gido war offenbar bereits überzeugt, daß es

ein anderer Hund war, und Freddy machte auch
die ganze Zeit Zeichen, daß er nicht mit Jan mitge-
hen wollte, denn bei Kneller hatte er niemals
Schawarma gekriegt. Also hatte sich Jan gedacht,
es sei das beste, so schnell er nur konnte, hierher
zurückzukommen und uns das Ganze zu erzählen.
»König Messias, bedeutende Wunder, Trance«, erregte sich Kneller, »die ganze Geschichte klingt für
mich wie ein einziges großes Gewäsch. Das einzige, was mich überhaupt nicht überrascht, ist, daß
Freddy nicht zurückkommen will, ich habe immer
gesagt, er ist ein undankbarer Köter.«

21. Kapitel

In dem Chaim und Lihia ausziehen, um den König Messias zu suchen, und aus Versehen das Meer finden

Um sieben Uhr morgens, als die meisten Partygäste noch schlafend auf dem Teppich flachlagen, stand Kneller mit einem Rucksack mitten im Wohnzimmer und sagte, er habe keine Geduld mehr, er wolle jetzt Freddy sehen. Lihia und ich schlugen vor, uns ihm anzuschließen. Lihia, obwohl sie diese ganze Geschichte mit dem König Messias nicht so recht glaubte, sagte, sie habe nichts zu verlieren, wenn sie ihn nach den Verantwortlichen frage und wie man sie finden könne, und ich dachte mir, wenn es dort wirklich so viele Leute gab, wie Jan das geschildert hatte, dann konnte das ein guter Ort sein, um nach Orga zu suchen. Außerdem, bei der Koordinationsfähigkeit von Kneller und Jan würde es garantiert nicht schaden, wenn jemand auf sie aufpaßte. Kneller wollte mit dem Auto von irgendeinem Freund fahren, aber Jan sagte, er wisse nur den Fußweg dorthin. Und so schleppte er uns über zehn Stunden lang durch den Wald hinter sich her, bis es anfing, finster zu werden, und er selbst zugab, daß er den Weg verloren hatte. Kneller meinte, das sei ein gutes Zeichen, denn auch beim vorigen Mal habe Jan den Weg verloren, und um das zu feiern, holte er aus seinem Rucksack eine improvisierte Jointspitze. Jan und er zogen sich jeder vier satte Tüten rein und brachen zusammen. Lihia und ich fingen an, ein paar dürre Zweige aufzusammeln, weil wir versuchen wollten, ein Lagerfeuer anzuzünden. Unser einziges Licht war das Feuerzeug, das wir Kneller abgenommen hatten, der wie ein Baby schlief. Als wir uns ein wenig von ihm und Jan, der neben ihm schnarchte, entfernt hatten, nahmen wir ein anderes Geräusch wahr, ein bißchen von weiter weg, etwas Brechendes, aber auch Beruhigendes, und Lihia sagte, für sie höre sich das nach Meer an. Wir drangen weiter in die Richtung vor und erreichten tatsächlich nach einigen hundert Metern das Meer. Komisch, aber niemand in dem ganzen Feriencamp, Kneller selbst eingeschlossen, hat jemals erwähnt, daß wir nahe am Meer sind, kann sein, daß sie es nicht wußten, daß es außer uns keiner weiß. Wir zogen die Schuhe aus und gingen ein bißchen am Strand entlang. Bevor ich Schluß gemacht habe, bin ich immer viel ans Meer gegangen, fast jeden Tag. Und als ich mich daran erinnerte, verstand ich besser, was Lihia gestern alles über die Sehnsucht und darüber gesagt hatte, daß sie zurückkehren mußte. Ich erzählte Lihia von Uzis Vater, der diesen Ort hier Schattenwelt nennt, und davon, daß die ganzen Leute hier so dermaßen überhaupt nichts wollen, daß du die meiste Zeit, wenn du mit ihnen zusammen bist, das Gefühl hast, als sei alles in Ordnung, während du im Grunde genommen schon halbtot bist. Lihia lachte und meinte, die meisten Leute, die sie kennengelernt habe, sogar schon bevor sie Schluß machte, seien halb oder ganz tot gewesen, so daß meine Lage noch verhältnismäßig gut sei, und als sie das sagte, berührte sie mich wie aus Versehen, doch es war keines.

Ich habe immer gehofft, daß es, würde ich Orga einmal betrügen, mit einer sein würde, die wirklich schön ist, so daß ich mich hinterher, wenn Reue angesagt wäre, damit trösten könnte, daß diejenige derart schön war, daß es keiner geschafft hätte, nein zu ihr zu sagen. Und die Wahrheit ist, daß Lihia ganz genau so eine war. Und in jener Nacht, als sie mich berührte, hatte ich das Gefühl, daß sie wirklich recht hatte und meine Lage noch verhältnismäßig gut war.

22. Kapitel

In dem Kneller Freddy die ganze Wahrheit
ins Gesicht sagt

Lihia und ich erwachten bei Sonnenaufgang, genauer gesagt, von Knellers Geschrei. Wir schlugen die Augen auf, und der Strand ringsherum war nicht mehr unser Privatissimo. Nicht daß da jemand gewesen wäre, doch jetzt, bei Licht, konnten wir sehen, daß er total voller gebrauchter Kondome war. Sie trieben im seichten Wasser wie Quallen, lagen um uns herum im Sand eingebettet wie Muscheln, und mit einemmal war alles von dem Geruch nach benutztem Gummi erfüllt, der gestern irgendwie erfolgreich im Geruch des Meeres untergegangen war. Ich riß mich zusammen, um nicht zu kotzen, wegen Lihia, und drückte sie ganz fest an mich. So lagen wir da, ohne uns zu rühren, ich weiß nicht, wie lange, wie so ein Touristenpärchen, das in einem Minenfeld festgenagelt ist und auf die Rettung wartet. »Da seid ihr ja«, Kneller tauchte plötzlich zwischen den Bäumen auf, »ich habe mir schon schreckliche Sorgen gemacht, warum antwortet ihr denn nicht, wenn man euch ruft?« Er führte uns zu der Stelle, wo er mit Jan zum Übernachten zurückgeblieben war, und erklärte uns unterwegs, daß dieser Strand früher einmal die Meile der Nutten und Drogensüchtigen gewesen, allerdings mit der Zeit derart abstoßend geworden sei, daß sogar die davon Abstand nahmen. »Jetzt erzählt mir bloß nicht, ihr habt wirklich da geschlafen«, er verzog das Gesicht, während Lihia und ich uns vom Sand und allem, was sonst noch so an den Kleidern klebte, säuberten, »wozu denn?« »So ist das eben, wenn man das Meer liebt«, Lihia schenkte ihm ein halbes Lächeln. »So ist das, wenn man Krankheiten liebt«, berichtigte Kneller und marschierte kräftig weiter voran, »daß uns bloß Jan jetzt nicht verschwindet.« Jan war tatsächlich verschwunden, doch bevor wir anfangen konnten, uns Sorgen zu machen, kam er bereits freudestrahlend angerannt und sagte, es sei ihm gelungen, das Haus des König Messias zu finden, es sei ganz nah. Die Villa des König Messias war wirklich groß, wie diese Häuser, die Orga mir immer zeigte, wenn wir ihre Onkel in Caesarea besuchen fuhren, die Art von Örtlichkeit, die außer einem Pool, einem Squashplatz und einem Jacuzzi immer irgendeinen atomaren Schutzraum im Keller hat. Als wir dort ankamen, waren über hundert Leute am Swimmingpool zugange, bei so einer Art von halb Cocktailparty, halb Buffet, das offenbar schon gestern angefangen hatte. Es waren viele dabei, die wie Freaks aussahen, ein Menge Gleitschirmypen, auch Nordtelaviver, und noch alle möglichen Arten von Leuten, die allesamt ganz aufgeregt schienen. Und zwischen den ganzen Gästen trieb sich Freddy herum, schnitt erbarmungswürdige Gesichter und bettelte jeden um Futter an. Als Kneller ihn sah, rastete er schlicht aus. Er stellte sich vor Freddy hin und begann, ihn anzubrüllen, wie er es wage, ihm das anzutun, und noch dazu an seinem Geburtstag, daß er undankbar sei, und kramte alle möglichen peinlichen Details über Freddy noch aus seiner Zeit als Welpe heraus, während Freddy ihn die ganze Zeit über seelenruhig anschaute und gemächlich ein Stück Sushi wiederkäute wie irgend so ein alter Jemenit sein Qat. Die Leute ringsherum versuchten, Kneller zu beruhigen, und sagten, Gido würde in Kürze alles in Ordnung bringen. Und als sie sahen, daß es nichts half, versuchten sie, ihn für das bedeutende Wunder zu erwärmen, das dieser Gido demnächst vollbringen würde, was Kneller nur noch mehr erregte. Währenddessen standen Lihia und ich am Rande und machten uns über die Häppchen her, denn wir hatten schon einen ganzen Tag lang nichts gegessen. Es gab eine Menge

Dinge, die wir sagen wollten und, so, wie es aussah, wegen des Durcheinanders und Lärms nicht sagten, doch es war klar, daß es nicht nur deswegen war. Und dann kam plötzlich Jan daher und sagte, daß Gido und seine Freundin Kneller und Freddy in ihren Salon riefen, um herauszufinden, was da los war, und daß wir am besten auch mitkämen, denn Kneller habe versprochen, einen Zirkus zu veranstalten. Schon bevor wir eintraten, hörten wir Knellers Gebrüll und eine leise hündische Stimme, die hin und wieder murmelte: »Kein Streß, Mann, kein Streß.« Ich konnte auch Orgas Stimme erkennen.

23. Kapitel

In dem Chaim endlich Orga trifft

Ich weiß nicht, wie oft ich mir diese Begegnung
ausgemalt habe, mindestens millionenfach. Bei jedem Mal nahm es ein gutes Ende, und auch wenn
ich mir durchaus alle möglichen Verwicklungen in
der Mitte vorgestellt hatte, so dachte ich doch, auf
alles, was nur passieren könnte, was auch immer
sie sagen würde, gefaßt zu sein. Orga erkannte
mich sofort, rannte auf mich zu, umarmte mich
und fing an zu weinen. Sie stellte mich Gido vor,
der mir die Hand drückte und sagte, er habe viel
von mir gehört, und der Mann schien ganz in Ordnung zu sein. Ich machte Orga mit Lihia bekannt,
was ein bißchen peinlich war. Lihia sagte gar
nichts, aber ich sah, daß sie sich, so verwickelt das
Ganze auch war, doch auch für mich freute. Wir
ließen alle zurück und traten auf die Terrasse hin-
aus. Durch die Tür konnten wir Kneller sprechen
hören, und Gido, der offenbar schon längst auf
Freddy verzichtet hatte, murmelte zustimmende
Worte. Orga erzählte mir, was passiert war, nach-

dem ich Schluß gemacht hatte, wie sie nicht wußte, was sie mit sich anfangen sollte, wie sie sich so
schuldig fühlte, daß sie sterben wollte. Die ganze
Zeit über, während sie redete, betrachtete ich sie,
sie sah haargenau so aus, wie ich sie in Erinnerung
hatte, sogar dieselbe Frisur, außer ihrer Haltung,
die jetzt etwas eigenartig wirkte, weil sie mit einem
Sprung vom Dach des Galil-Krankenhauses Purija
Schluß gemacht hatte. Orga erzählte mir, daß sie
nach meinem Begräbnis nach Galiläa gefahren war
und die ganze Strecke nur geweint und geweint
hatte. Und als sie in Mizpe ankam, war das erste,
das sie sah, Gideon, und in der gleichen Sekunde
beruhigte sich etwas in ihr, und sie hörte auf zu
weinen. Es war nicht so, daß sie aufgehört hätte,
traurig zu sein, aber es war kein hysterischer Kum-
mer mehr, wurde zu etwas, was zwar nicht weniger tief war, das man jedoch bewältigen konnte.
Gideon glaubte daran, daß wir alle in der Welt des
Lebens gefangen seien und daß es eine erhabenere
Welt gebe, die er erreichen könne, und in Mizpe
gab es noch ein paar, die an seine Kräfte glaubten.
Gideon gedachte, zwei Wochen nachdem sie sich
kennengelernt hatten, die Verbindung zwischen
seinem Körper und seiner Seele zu durchtrennen,
die andere Welt zu erfahren und wieder zu seinem
Körper zurückzukehren, um allen den Weg zu

weisen, nur daß etwas in die Hosen ging und seine
Seele nie zurückkam. Im Krankenhaus, als man
seinen endgültigen Tod bestätigte, fühlte sie, wie er
sie rief, von dem Ort aus, an den er gelangt war,
und sie fuhr mit dem Aufzug zum Dach hinauf
und sprang von dort hinunter, um mit ihm zusam-
menzusein. Und jetzt waren sie wieder zusammen,
und heute wollte Gideon das, was er in Galiläa zu
tun versucht hatte, noch einmal machen. Nur dieses Mal war sie auch sicher, daß es ihm gelingen
und er den Weg finden würde, der aus dieser Welt
hinausführte, daß er zurückkommen und ihn allen
zeigen würde. Danach sagte sie noch mal, wie
wichtig ich ihr sei, und daß sie wisse, daß sie mich
verletzt habe, und erst nachdem ich Schluß gemacht hatte, begriffen hätte, wie sehr, und daß sie
sich freue, mich wiedersehen zu können, damit sie
mich um Verzeihung bitten könne. Und ich lächelte die ganze Zeit nur und nickte. Als ich mir diese
Begegnung immer ausmalte, hatte ich mir oft vorgestellt, daß sie mit jemand anderem zusammen
war, doch bei all den Malen hatte ich den Kampf
aufgenommen, ihr gesagt, wie sehr ich sie liebte,
daß niemand sie je so lieben würde, hatte sie ge-
streichelt, sie berührt, bis sie nachgab. Aber als es
nun tatsächlich geschah, auf der Terrasse, wollte
ich nur noch schnell zu dem Teil kommen, wo sie

mir diesen freundschaftlichen Kuß auf die Wange drücken würde, und daß es damit dann vorbei wäre. Und wie um mich zu retten, ertönte plötzlich ein Gong, und Orga erklärte, daß wir zurückmüßten, weil das hieße, daß Gideon gleich anfinge, und statt eines Kusses begnügte sie sich mit einer Umarmung.

24. Kapitel

In dem Gido verspricht, ein bedeutendes
Wunder zu vollbringen

Als wir in das Zimmer zurückkamen, waren Lihia und Kneller nicht mehr da. Gido, der jetzt eine bestickte Robe trug, sagte, sie seien schon unten, und als ich hinunterging, um sie am Swimmingpool zu suchen, sah ich, daß sich das Publikum in Männer und Frauen geteilt hatte.

Kneller entdeckte ich sofort, und von weitem konnte ich auch Lihia sehen, die so eine Handbewegung in der Art Und-wie-war's zu mir hin machte. Mir fiel absolut keine Geste ein, die irgendwie erklärt hätte, was mit Orga alles gelaufen war, ich wollte ihr aus der Ferne zu verstehen geben, daß ich sie liebte, doch dann sah mir das allzusehr nach etwas aus, das man in Filmen macht, also lächelte ich nur und signalisierte, wir würden nachher reden.

Kneller sagte, sie habe Gido danach gefragt, wie man in die Welt der Lebenden zurückkehre, und Gido habe zu ihr gesagt, das sei Zeitverschwendung, denn er würde allen den Weg in eine bessere Welt zeigen, und als sie hinausgingen, sagte sie

zu Kneller, daß ihr dieser Gido ein bloßer Knallkopf zu sein schien.

Die Musik hatte eine derartige Lautstärke er-
reicht, daß ich sogar Kneller kaum noch hören
konnte. Er machte sich ein bißchen lustig über
mich und Lihia, sagte, das sei das erste Mal, daß er
Leute treffe, die noch naiver seien als er, ich mit
meinen Wundern und sie mit ihren Träumen.
»Statt Schluß zu machen«, schrie er, »hättet ihr
nach Kalifornien fahren sollen.« Ich sah, daß er
Freddy streichelte, was besagte, daß der ganze
Streit zwischen ihnen schon beendet war. Die
Bühne bestieg nun Gideon, in seine Robe gehüllt,
Orga kletterte ihm hinterdrein, mit so einem ge-
krümmten Messer in der Hand wie auf den Bil-
dern von Isaaks Opferung in »Bibelgeschichten
für das Kind«. Sie reichte Gideon das Messer, und
die Musik brach mit einem Schlag ab. »Was soll
denn der Schwachsinn?« murmelte Kneller neben
mir. »Der Mann ist doch schon tot, was will er
denn jetzt, tot sein im Quadrat?« Die Leute um
uns herum drehten sich um und baten ihn, still zu
sein, was mir echt unangenehm war, Kneller jedoch überhaupt nicht rührte, der sagte, er sei bereit, jede Wette einzugehen, daß Gido das nie im
Leben machen würde, denn wer einmal Schluß
gemacht hätte und wüßte, wie weh das tut zu ster-

ben, würde das nicht noch einmal probieren. Und in der Sekunde, in der er das ausgesprochen hatte, nahm Gido das Messer und bohrte es sich selbst ins Herz.

25. Kapitel

In dem ein weißer Transit eintrifft und der ganze Zirkus anfängt

Komisch, aber obwohl sämtliche Leute, die um den Swimmingpool herumstanden, die ganze Zeit genau wußten, was passieren würde, waren wir alle überrascht. Es gab so eine Stille und danach Gemurmel im Publikum. Von der Bühne aus rief Orga allen zu, ruhig zu bleiben, denn Gido würde jeden Moment in seinen Körper zurückkehren, aber das Gemurmel im Publikum legte sich nicht. Inzwischen sah ich Kneller mit Freddy flüstern, und dann sprach er plötzlich in sein Feuerzeug, und in Sekundenschnelle kam ein weißer Transit an, der vor der Villa hielt und dem zwei große dünne Leute in weißen Overalls entstiegen, von denen einer ein Megaphon hielt. Kneller rannte zu ihnen hin und fing an, mit seinen großzügigen Handbewegungen mit ihnen zu reden. Ich begann, mich in Richtung der Frauen durchzudrängen, auf der Suche nach Lihia, doch ich konnte sie nirgendwo entdecken. Der eine Mann mit dem Megaphon forderte alle auf, ruhig auseinanderzugehen. Auf der

Bühne saß Orga neben Gidos Leiche und weinte. Ich sah, daß sie versuchte, an das Messer zu kommen, aber der zweite Overalltyp kam ihr zuvor. Er nahm das Messer an sich, lud sich Gidos Leichnam auf die Schulter und gab Kneller ein Zeichen, Orga zum Wagen zu begleiten. Der Mann mit dem Megaphon bat noch einmal darum, sich zu zerstreuen, ein Teil fing an wegzugehen, doch viele blieben auch auf der Stelle erstarrt stehen. Neben dem Mann mit dem Megaphon sah ich jetzt Lihia, die mich auch bemerkte und zu mir kommen wollte, aber der Fahrer des Transits, der ebenfalls einen Overall anhatte und in eine Art Funkgerät sprach, rief sie offenbar zu sich. Lihia signalisierte mir, sie komme gleich, und ich begann, mich in Richtung des Wagens vorzuarbeiten, drängte die Leute beiseite, die im Weg standen. Doch bis ich es schaffte, in die Nähe zu gelangen, waren Kneller, der Freddy unter den Arm geklemmt hielt, und der Overallträger mit dem Megaphon in den Transit eingestiegen und fuhren ab. Durchs Fenster konnte ich Lihia sehen, die versuchte, mir etwas zuzurufen, ich konnte nicht hören, was. Das war das letzte Mal, daß ich sie sah.

26. Kapitel

Und mit einer optimistischen Note

Ich wartete dort noch ein paar Stunden, denn am Anfang dachte ich, der Transit sei nur weggefahren, um Gido und Orga an irgendeinem Ort abzuladen, und Lihia würde gleich zurückkommen. Auch andere Leute blieben noch da, alle sahen betäubt aus, keiner hatte richtig begriffen, was passiert war. Wir saßen alle auf Liegestühlen um den Swimmingpool herum, ohne ein Wort zu sagen. Ganz allmählich verschwanden die Leute, und zuletzt, als ich sah, daß ich allein zurückgeblieben war, begann ich, in Richtung von Knellers Haus zu gehen.

Als ich dort ankam, war es schon Abend. Uzi erzählte mir, daß Kneller ins Haus gestürzt war, um sich ein paar Sachen zu holen, allen gesagt hatte, daß sie bleiben könnten, solange sie wollten, und danach wollte er mit Uzi allein reden und bat ihn, sich um Freddy zu kümmern. Er enthüllte Uzi, daß er in Wirklichkeit gar nie Schluß gemacht hatte und die ganze Zeit hindurch eigentlich ein verdeckter Engel gewesen war, doch jetzt, wegen dem Zirkus mit dem König Messias, aufgeflogen sei und wohl wieder ein gewöhnlicher Engel werden würde. Über Gido sagte er zu Uzi, er beneide ihn nicht, denn wenn der Ort hier beschissen zu sein schien, dann sei der Ort für die, die ein zweites Mal Schluß machen, tausendmal ätzender, denn dort gebe es ganz wenige Menschen, und alle seien abartig seltsam. Ich fragte Uzi, ob Kneller etwas über Lihia gesagt hatte, und am Anfang behauptete Uzi, nein, hätte er nicht, aber nachher erzählte er, Kneller habe ihm gesagt, daß Lihia, während dieser ganze Zirkus ablief, zu einem von Knellers Leuten hingegangen war und darum gebeten hatte, ihren Fall zu überprüfen, und so unwahrscheinlich sich das auch anhören mochte, es stellte sich heraus, daß da wirklich eine Schlamperei passiert war und keiner so recht wußte, was man mit ihr anfangen sollte, aber es bestand eine reelle Chance, daß man sie von hier weg und zurück ins Leben bringen würde. Uzi sagte, er habe mir das zunächst nicht sagen wollen, um mich nicht zu deprimieren, aber eigentlich seien es doch auch gute Nachrichten, denn Lihia habe erreicht, was sie wollte.

Uzi beschloß, mit seiner Freundin in Knellers Haus zu bleiben, und ich kehrte allein in die Stadt zurück. Unterwegs gelang es mir sogar per Zufall,

91

ein Wunder zu vollbringen, und erst als es passierte, verstand ich, was Kneller mir damals zu erklären versucht hatte, daß es nämlich überhaupt nichts änderte. Uzi hatte mir ein Paket mitgegeben, das ich seinen Eltern bringen sollte, und sie freuten sich unheimlich, daß ich kam, und baten mich, ihnen alles zu erzählen, hauptsächlich von seiner Freundin. Uzis Vater sagte, Uzi habe sich für ihn am Telefon richtig glücklich angehört und die ganze Familie plane, nächsten Monat auf Besuch zu ihm zu fahren. Inzwischen haben sie mich zu den Schabbatabendessen bei ihnen eingeladen, aber auch unter der Woche, wann immer ich nur will. Auch in der Pizzeria *Kamikaze* haben sie sich gefreut, daß ich zurückgekommen bin, und haben mich gleich zu den Schichten eingeteilt.

In der Nacht träume ich nie von ihr, aber ich denke viel an sie. Uzi sagt, das sei charakteristisch für mich – mich auf Frauen einzuschießen, bei denen keine Chance besteht, daß ich je mit ihnen zusammenkomme. Kann sein, daß er recht hat und die Chance wirklich ziemlich minimal ist. Doch andererseits hat sie einmal zu mir gesagt, halbtot sei gut genug für sie, und als sie in den Transit gestiegen ist, hat sie mir mit der Hand ein Zeichen gemacht, daß sie gleich wieder zurückkommt, also wer weiß. Um ganz sicherzugehen, mache ich jedesmal, wenn ich eine Schicht anfange, irgendwas Kleines – stecke das Namensschild verkehrtrum an, binde die Schürze nicht richtig zu, so was eben, damit sie, sollte sie trotz allem einmal hereinkommen, nicht traurig ist.

CHRISTOPH PETERS

»Peters ist ein eminent kluger und genauer Erzähler, die Klaviatur der Töne beherrscht er virtuos: Ironie, Leichtigkeit und Witz, Poesie, Lakonie und tiefen Ernst.«
LITERARISCHE WELT

73060 / 8,00 [D]

Mit messerscharfer Sprache schreibt Peters über Menschen, die auf der Suche sind, die kommen, gehen und nur manchmal bleiben.

73274 / 9,00 [D]

Die Geschichte einer einzigartigen Liebe: der Weg der Gefühle durch die Banalitäten des Alltags – ausgezeichnet mit dem „aspekte"-Literaturpreis.

73343 / 9,50 [D]

Ein furioses Portrait des spätherbstlichen Istanbul und die, im wahrsten Sinne des Wortes, herzzerreißende Geschichte einer Liebe zwischen Obsession und Wirklichkeit.

www.btb-verlag.de